TAKE
SHOBO

ポンコツ魔女ですが、美少年拾いました

呪いが解けたら、えっちな猛攻プリンスに成長するなんて聞いてません!?

葉月エリカ

Illustration
Ciel

JN043218

MitsuNeko

contents

イラスト／Ｃｉｅｌ

ポンコツ魔女ですが、美少年拾いました

呪いが解けたら、えっちな猛攻プリンスに成長するなんて聞いてません!?

プロローグ

「腹が減る」という感覚を、ウィルゼインはこれまでの人生で一度も覚えたことがなかった。

小国とはいえ、カルナードという一国の王子に生まれた以上、日に三度の食事は必ず保障されていた。

たとえそれが、塔に運ばれるまでの間に冷め切り、美味とは言えないものであろうと。

共に食卓を囲む家族もおらず、閉ざされた部屋で黙々と咀嚼《そしゃく》するだけであっても、飢えて死ぬ心配だけはなかった。

けれど、今は。

（お腹《なか》がしくしくする……喉の奥から先が、ぽっかり空洞になったみたいだ……）

すでに丸三日、ウィルゼインは何も口にしていなかった。

空腹が過ぎると胃が痛み、頭がぼうっとして思考が散漫になることも、十二歳にして初めて知った。

(何か食べる物を……動けるうちに、口に入れないと……)

汚れた寝間着姿のまま、どことも知れない裏道をふらふら歩く。

石畳を踏む足が裸足なのは、路上で寝ている間に靴を盗まれたからだった。

癖のない黒髪には乾いた泥がこびりつき、くすんだアッシュグレイの瞳は、うらぶれた彼の姿をいっそう陰鬱に見せている。

そんな風体で猥雑《わいざつ》な下町をさまよえば、すれ違う大人たちは、病気持ちの野良犬を見るように吐き捨てた。

「浮浪児か。最近また増えたよな」

「こんなところにいても、やるものなんかないよ。あっちへ行きな、しっしっ!」

ひと切れのパンどころか、一杯の水とて恵んでくれようとする者はいなかった。

仕方がない――とウィルゼインは思う。

カルナードの民たちは、皆それだけ余裕がないのだ。

去年も一昨年も収穫期の畑を大きな嵐が襲ったせいで、農村の作物は八割方売り物にならなくなった。小麦や野菜の値が跳ね上がり、人々は倹《つま》しい食事を強《し》いられた。

こんなときこそ、国が備蓄した食料を配給すべきなのに、王家はそれらを独占し、一部の貴族にのみ高額で売りつけるという手段に出た。

不満を訴える者は捕らえられ、王家に逆らった罰だと見せしめに斬首される。

国の治安はたちまち乱れ、強盗や殺人が横行した。貧しい家では娘が身売りをさせられて、生まれたところで育てられない赤ん坊は間引かれる。

すさんだ目をした人々は、一様に呪いの言葉を吐いた。

「こんなことになったのは、サミア妃《ひ》のせいだ。五年前、あの女が国王の後妻になった頃から税も上がって、何もかもがおかしくなった」

「先のお妃様は、民思いのお優しい方だったのに……」

「陛下だって昔はそうだった。今はご病気で表には出てこられないらしいが、あの妃が毒でも盛ってるんじゃないのか？」

「それどころか、すでに殺されちまったのかもな。贅沢《ぜいたく》好きのサミアが、臣下を牛耳《ぎゅうじ》って好き勝手するために」

「それを言うなら王子様だって、何年も姿を見た者はいないらしいよ。継母《ままはは》に疎まれて、城のどこかに閉じ込められているんだって」

「ウィルゼイン殿下か。利発で可愛《かわい》らしいお方だったのに、今はどうしていらっしゃるんだか……」

（——ここにいる）

道端で安酒を飲んだくれる男たちや、井戸端会議をする女たちに、幾度そう訴えようとしたか知れない。

(僕がウィルゼインだ。五年前から城の塔に幽閉されて、父上にも会わせてもらえなかった王子がここにいる……!)

だが、本当のことを口にしようとすると、言葉は喉の奥に張りつき、唇は縫い留められたように動かなくなった。

話したい意志はあるのに喋《しゃべ》れない。いわゆる失語症とは違い、己の素性に関することを他人に告げようとするときにだけこうなるのだ。

だからウィルゼインは、誰にも助けを求められない。

たとえ身元を明かせたところで、王家への恨みがこれだけ募った現状では、余計にひどい目に遭わされるかもしれない。

「ひょっとして、サミア妃の正体は魔女なんじゃないか?」

「魔女は嵐や疫病を呼ぶし、人の心も操れるらしいぞ」

「あの恐ろしい美貌が、五年前からまったく衰えてないってのも怪しいじゃないか」

人々の噂話に、真実を話せないウィルゼインは黙って頷《うなず》く。

(そのとおりだ。サミアは――僕の義母《はは》は、正真正銘の魔女だった……)

その証《あかし》を、ウィルゼインはこの目で見た。

彼が今の苦境に陥ったのは、三日前。食事係のメイドが、部屋の鍵をうっかり閉め忘れたことがきっかけだった。

◆◆◆

（……外だ）

長い螺旋《らせん》階段を下りて、恐る恐る足を踏み出した外界は、夏の夜の暑さと肌に纏《まと》わりつく湿気に満ちていた。

王城の外れに位置するここらは、庭師の手が入らず、雑草も蔓延《はびこ》るままだ。

むっとする草いきれの中、寝間着姿のウィルゼインは深呼吸して空を仰いだ。

（すごい――月も星も、こんなによく見える……）

塔の部屋にも窓はあったが、明かり取り用の小さなもので、覗《のぞ》ける光景は限られていた。

煌々《こうこう》と輝く満月の光を全身で浴びるなど、それこそ五年ぶりだ。

（……亡くなった母上とは、よく月を見たな）

懐かしさと寂しさが胸を圧した。

ウィルゼインの母は、我が子の世話を乳母任せにせず、毎晩寝る前に絵本を読んでくれた。なかなか寝ないときは息子を抱いてバルコニーから夜空を見上げ、日々形を変える月の不思議を語って聞かせた。

線の細い美女で、愛情深い人だった。

ウィルゼインが五歳のとき、流感に倒れて彼女がこの世を去ったのち、亡き妻に瓜《うり》ふたつの息子を父王はことのほか気にかけた。

その二年後、サミアという流れの占い師を後妻に迎えるまでは。

先妻を亡くしてからの国王ドレイクは常にぼんやりとして、政《まつりごと》にも意欲を失っていた。

そんな折、市井《しせい》で評判だという女占い師が、

『私なら、陛下の心の憂いを取り除いて差し上げられます』

と売り込んできたので気まぐれに謁見を許したところ、その美貌にひと目で虜《とりこ》になった。周囲の反対も顧《かえり》みず、度を超した寵愛《ちょうあい》のちに、正式な妃として迎えるほどに。

若い後妻に骨抜きにされたドレイクは、

『ウィルゼイン殿下が、私のことを嫌っているようですの』

というサミアの言葉を真に受けて、七歳の息子を寒々とした塔に隔離するという愚行に出た。

まったくもって人が変わったとしか言いようがない。

そのうちにドレイクは原因不明の病に倒れ、骨と皮ばかりに痩せて、言葉を発することもままならなくなってしまった。

それをいいことにサミアは勝手に王の代理を名乗り、遊戯感覚《ゲーム》で政治を動かしている——という噂《うわさ》は、塔で暮らすウィルゼインの耳にも届いた。

『これは内緒なんですけど……お妃様は、実は魔女なんじゃないかって言われているんです』

食事を運ぶメイドの少女が、声をひそめて教えてくれた。

『お妃様を諫《いさ》めようとした大臣たちも、ある日を境に、ころっとあの方の言うことに従うようになったんです。まるで、心を操る魔法を使われたみたいに。お妃様の部屋には、人の頭蓋骨とか、蛇や蝙蝠《こうもり》の干物とか、怪しいものがいっぱいあったって話も聞きます。恐ろしくて仕事をやめた使用人はたくさんいますし、今は誰もあの方に意見なんてできません』

それを聞いたウィルゼインは、幼心《おさなごころ》に焦れた。

自分がもっと大人で、力ずくでもここを出ていけたなら、サミアの横暴をどうにかできるかもしれないのに。

無力さに打ちのめされていたところ、塔を抜け出す機会は思いがけず訪れた。

『殿下。残念ですが、今日でお別れです』

夕食を運んできたいつものメイドが、唐突に暇《いとま》を告げた。

『明日からは別の人間が食事を運びにまいります。私は今夜のうちに、家族と隣国へ引っ越すことになりました。殿下も、どうか末永くお元気で……』

言いながら、彼女はエプロンの裾をぎゅっと握りしめていた。何かを訴えたいかのように、何度も口を開いては閉じ、最後は大きく一礼して部屋を出た。

違和感に気づいたのはそのあとだ。

いつも耳にする金属音が――扉を外から施錠する音が、どれだけ待っても聞こえなかった。

(……もしかして)

ウィルゼインの胸は早鐘《はやがね》を打った。

この国を離れることになったメイドが、最後の情けにわざと鍵をかけず、逃亡の機会を与えてくれた――そんなことがありえるだろうか。

(いや、これは偶然だ。あくまで彼女のうっかりだ)

自分がいなくなったと知れれば、あのメイドの責任にされてしまう。

けれど、そのとき彼女はすでに国の外に出た後だ。

なんの力も持たない子供が、身ひとつで逃げることなどできるものか。

仮にも王族である以上、子供だからと甘えずになんらかの行動を起こすべきでは。

様々な葛藤が胸に生じ、ウィルゼインを悩ませた。

それでも終《しま》いには、五年ぶりに外の空気を吸いたいという単純な望みに打ち勝てず、扉に手を伸ばしてしまった。

そうして塔を出たウィルゼインは、遠い月を見上げて立ち尽くす。

(これから、どうしよう……)

やりたいことならたくさんあった。

病床の父のもとに顔を出したいし、亡き母の墓前に花を供えたい。

今も厩舎《きゅうしゃ》にいるのかはわからないが、乗馬の相棒だった馬の様子を見に行きたい。

決して諦めるなという手紙をくれた剣の師匠にも会いたいし、これからの自分に何ができるかを相談したい。

けれど、それらの望みは何ひとつ叶《かな》えられなかった。

ふいに視界が暗くなったと思ったら、鳥の形をした影が頭上を横切った。

(あれは――梟《ふくろう》?)

丸々とした黄色い目。顔の真ん中にちんまりと位置する、逆三角形の嘴《くちばし》。

愛嬌《あいきょう》があるようにも、どこか不気味にも見えるその鳥は、バサバサと羽音を立ててそこらの木に留まった。

近づこうとしたウィルゼインは、ぎくりと足を止めた。

『あらあら。囚《とら》われの王子様が、どうしてこんな場所にいるのかしらね?』

梟の嘴が動き、女の声がした。

インコや鸚鵡《おうむ》ならまだしも、梟が人の言葉を話すものだろうか? 幻聴かと耳を押さえると、嘲《あざけ》るような笑いが響いた。

『幻じゃないわ、聞きなさい。せっかく久しぶりに話しかけてあげてるんだから』

癇《かん》に障《さわ》る高い声に覚えがあって、ウィルゼインは愕然《がくぜん》とした。

「まさか、その声……」

『お義母《かあ》様、なんて呼ばれるのはまっぴらよ。長い人生、一度くらいは王妃になってみたかっただけで、あなたの母親にまでなったつもりはないんだから』

間違いなかった。

まともに顔を合わせたことは、数えるほどしかないけれど。

父を誑《たぶら》かし、自分を塔に閉じ込め、この国を乱している元凶の。

「サミア……様?」

『当たりよ、王子様』

「っ……!?」

ウィルゼインは悲鳴を呑み込んだ。

梟の首がぐるんと回転したと思ったら、その頭は人間の女のものにすげ替わっていたのだ。癖の強い銀髪をなびかせ、翡翠《ひすい》色の双眸《そうぼう》をにんまりと細めた、悪名高い王妃の顔に。

「お前、やっぱり魔女なのか……！」

ウィルゼインはその場に落ちていた木の枝を拾った。

かつての稽古を思い出し、剣を振るう要領で打ちかかったが、梟は素早く飛び立って、からかうように頭上を旋回した。

『勇《いさ》ましいこと、王子様。あと数年もすれば私好みの男に育ちそうだけど、残念ね。万一の脅威にならないよう、呪いをかけておくことにするわ』

サミアの唇が、聞いたこともない響きの言葉を紡いだ。

ウィルゼインの全身が紫の光に包まれ、爪先から脳天にかけて、無数の蟲《むし》が這《は》い上がるような怖気《おぞけ》が湧いた。

「っ、あ……ぁあああああっ……！」

木の枝を取り落とし、ウィルゼインは我が身を掻《か》き抱《いだ》いた。

体内の血が逆流し、内臓がふつふつと粟立《あわだ》つ。見えない手で心臓を摑《つか》まれ、握り潰されそうな圧迫感が物理的に加えられる。

光が消えて怖気が去ったあとも、鼓動はひどく乱れていて、桶《おけ》いっぱいの水をかぶったように汗みずくだった。

「お前……今、何をした……？」

肩で息をしながら尋ねれば、顔だけのサミアが言った。

『あなたにかけた呪いはふたつ』

梟が大きく羽ばたくと、ぶわっと大量の羽毛が散った。

視界を遮られ、咳《せ》き込むウィルゼインの耳に、歌うような声が告げた。

『どんな呪いかは、そのうち嫌でも知るだろうから楽しみにしていらっしゃい。――さよなら、王子様』

次の瞬間、大きな眩暈《めまい》に襲われて平衡感覚を失った。

気づいたとき、ウィルゼインは見覚えのない通りに倒れていた。行き交う人々が迷惑そうに舌打ちし、誰かに脇腹を蹴られた痛みで目が覚めた。

饐《す》えた匂いが漂い、ヤクザめいた男たちが幅を利かせているところからして、王都よりもさらに荒廃したどこかの町に飛ばされてしまったようだった。

（サミアの力だ。――彼女の魔力は本物だ）

かくなる上は、王妃が邪悪な魔女なのだと皆に知らせなければ。

危機感に駆られたウィルゼインだったが、半日も経《た》たないうちに、それは不可能だと悟った。

サミアの正体にしろ、自分の身分にしろ、道行く人を捕まえて口にしようとした途端、言葉は凍りつき、喉が詰まった。無数の針を刺されたように舌が痛んで、それを押して喋ろうとすれば、強制的に意識が途切れた。

言葉が駄目なら文字で伝えようとしたが、痛みに痺《しび》れるのが腕や指に変わっただけだった。

これが呪いなのだと、ウィルゼインは身をもって理解した。

サミアは『呪いはふたつ』だと言っていた。今のところ、真実を話せない以外の弊害はないが、もうひとつの呪いとやらは見当もつかない。

行く当てもなく、着の身着のまま町をうろつくウィルゼインは、周囲の言葉どおりの浮浪児にしか見えなかった。

食べ物にありつく術《すべ》もなく、眠くなれば道端で横になるしかない。靴を盗まれた素足は、錆《さ》びた古釘を踏み抜いたせいで、ずきずきと膿《う》んで疼《うず》いた。

そんなふうに三日三晩さまよって、誰にも助けてもらえないと悟ったウィルゼインは、意を決して町を出た。

ここにいても腹は膨れないし、郊外の森にでも行って、木の実や茸《きのこ》を探したほうがマシかもしれない。

(帰りたい――……)

朦朧《もうろう》とした頭でそう願い、一抹の理性が「どこに？」と尋ねる。

戻りたいのは今の王宮ではなく、父が壮健で、母が生きていた時代の城だ。

周囲の皆に愛されて、飢えも孤独も知らなかったあの頃には、もう二度と帰れない。

疲労に足がもつれ、時間の感覚もなくなって、気づけばウィルゼインは鬱蒼《うっそう》とした夜の森に迷い込んでいた。

そうして彼はまた途方に暮れる。

目的の場所には着いたが、こんなにも闇が深くては食糧を探すどころではない。そもそも木の実や茸には毒を持つものもあるのだし、迂闊《うかつ》に口にして中毒死しては目も当てられない。

（いや……いっそ、それでもいいのか……）

大きく枝葉を広げたブナの木の根元に座り込み、ウィルゼインは捨て鉢に考えた。

塔に幽閉された五年前から、世間での自分はとっくに死んだようなものだ。

いまさら誰も期待などしないし、唯一の肉親である父も病に倒れて意識がないという。ここで本当に野垂れ死んだところで、悲しむ者もいないだろう。

（……それに、あの世に行けば母上に会えるかもしれない）

懐かしい母の面影を思い描くうちに、背中からぞくぞくと寒気が湧いた。釘を踏んだ傷から雑菌が入り込み、発熱しているのだと、そのときのウィルゼインにはわからなかった。

地面の上でうずくまって震えていると、間の悪いことに雨まで降ってきた。たちまち寝間着が濡《ぬ》れそぼち、華奢《きゃしゃ》な体から温度を奪っていく。

（寒いのに、熱い……このまま本当に死ぬんだな……）

静かな諦めとともに、ウィルゼインは目を閉じた。

感じるのは、濡れた土の匂いと埃臭い雨の味。

耳を打つ雨音と、己の荒い呼吸音。——それから。


「ねぇ、君。生きてるの？」


声が降ってきて、ウィルゼインはぎょっとした。

若い——見たところ十七、八歳か、少なくとも二十歳は超えていないだろう——小柄な娘が、カンテラを掲げてウィルゼインを覗《のぞ》き込んでいた。

雨よけなのか、フードのついた分厚い外套《がいとう》を羽織っており、逆の腕には草花の詰まった籠を抱えている。

とっさに身構えたのは、彼女の瞳が翡翠色で、フードから零《こぼ》れるまっすぐな髪は、白にも見まがう銀色だったからだ。

――緑の目に銀の髪。

――自分を城から追い出した魔女と、同じ色彩を持つ娘。

が、その顔立ちは素朴であどけなく、ウィルゼインのことを純粋に心配しているようだった。

「こんなところに一人で、迷子なの？　名前は？」

「ウィル……――っ……」

答えかけて、ウィルゼインは激しく噎《む》せた。

名前を口にしようとしただけで気道が塞がり、舌を焼かれるような痛みが襲った。

「待って。――ちょっとよく見せて」

娘がしゃがみ込み、ウィルゼインの背中をさすった。手首の脈を取ったり、瞼《まぶた》をめくったりという仕種《しぐさ》は手慣れていて、医術の心得があるようだった。

「ああ、足の裏に怪我《けが》をしてるのね。それが化膿《かのう》して熱が出てる……と。そこまではわかるけど、なんだか他にも厄介な影が見えるし……もしかして、これって魔女の呪い？」

彼女の独り言に、ウィルゼインは目を丸くした。

普通の人間にとって、魔女だの呪いだのという言葉は口にするだけで忌まわしい。隠し切れない恐怖と嫌悪が、どうしたって滲《にじ》み出る。

けれどこの娘は、当たり前のようにそれを口にした。

ウィルゼインの身に生じた異変を、経緯はともかくひと目で見抜いた。

「……あなたは……?」

力の入らない体をどうにか起こして尋ねると、娘は笑った。

暗い雨夜にもかかわらず、青空の下で黄色い向日葵《ひまわり》が咲いたような笑顔だった。

「あ、話せないわけじゃないみたいね。自分の名前とか、住んでた場所を喋ろうとするときだけ、制限のかかる呪いなのかな?」

ウィルゼインは夢中で頷いた。

やっと話の通じる相手に出会えた安堵《あんど》で、目が潤みそうだった。

「じゃあ、首を縦か横に振って教えてね。――これから、どこか行く当てはあるの?」

ウィルゼインは首を横に振った。

「今までいた場所に帰りたい?」

少し迷って、これも首を横に。

「私のこと、怖いと思う?」

間髪を容《い》れず、さらに横に振って。

「実は、私も魔女みたいなものなんだけど」

ウィルゼインはそこで固まった。

質問形式が途切れたこともあるが、突拍子もない発言に唖然《あぜん》としたのだ。

「あなたが……魔女?」

「うん。正確には、母親が魔女で父親が人間。だから半魔女《ハーフ・ウィッチ》ってことになるのかな」

なんの気負いもなく話すから、「自分には半分、外国の血が流れていて」というくらいの、軽い告白に聞こえた。魔女という存在が世間からどれだけ忌避されているのか、彼女は知らないのだろうか。

「あ、一応知ってるよ? あたし魔女でーす、ってぺろっと話しちゃいけないことくらいは」

娘は慌てたように言った。

「普段は薬師として働いて、社会に溶け込んでるし。今もほら、薬草集めの途中だったの。しっかり労働してるでしょ? 無職のロクデナシじゃないからね?」

薬草らしきものが入った籠を差し出され、懸命にアピールされる。

「ついでに、こんな見た目だけど結構長く生きてるから。覚えてる限りでいうと……えーと、百三十年くらい?」

「百三十年!?」

「あ、若作り過ぎるって引いちゃった?」

改めて眺めても、ふっくらとした頬《ほお》や瑞々《みずみず》しい唇は、やはり二十歳を過ぎているようには見えなかった。それでいて、彼女が嘘《うそ》を言っているようにも思えない。

「引いてはいない……ただ、驚いてるだけで……」

「ならよかった。――うん、それでね。一応ちゃんと成人だし、仕事もしてるし、魔法で悪いことなんかしないって誓えるし、その上で信用してもらえたらなんだけど」

一拍おいて、彼女は言った。

「私の家に来る？」

「……え？」

「だって君、行くところも帰るところもないんでしょ？　おまけに、ややこしい呪いまでかけられてるみたいだし。私、魔女としてはポンコツだけど、解呪の方法を調べてみるよ。そのためにもしばらくうちで暮らすのがいいと思うんだけど。どうかな？」

ウィルゼインは呆然《ぼうぜん》と彼女を見上げた。

こんなにも人懐っこく、開けっぴろげな人間に――本人の言葉を信じるなら、純粋な人間ではないらしいが――会ったことがなかった。

今の自分は無一文で、なんの役にも立たない子供でしかないのに。

王子だという証立てをしなくても、親切にしてくれる。力になろうとしてくれる。

そんな誰かに出会えるなんて、この三日間でとっくに諦めきっていたから。

「……助けて」

熱に浮かされながら呟《つぶや》けば、ずっと堪《こら》えていた涙がとうとう零れた。

「いつか、恩を返すから……だから、お願い……助けて……っ」

「大丈夫。泣かなくていいよ。大丈夫」

彼女はカンテラと籠を置いてしゃがみ込み、ウィルゼインを抱きしめた。

濡れた頬に頬を寄せ、幼児にするように頭を撫《な》でて、体を揺すりながら名乗った。

「私はラーナ」

「……ラーナ」

「君は？　さっき途中まで言いかけてたよね。ウィル——なんとかだっけ。本当はもっと長い名前なの？　せっかくだからウィルって呼んでもいい？」

「……うん」

声に甘えが混じっていることを自覚して、急に恥ずかしくなった。

こんなにも密着していると、外套ごしにもラーナの温《ぬく》もりと柔らかさが伝わって、胸がどきどきと騒いだ。

「じゃ、行こう。私の家、この森の奥だから」

ラーナに手を引かれ、ウィルゼインは立ち上がった。

鼻を啜《すす》り、礼儀正しい育ちの子供に見えるように、改めて頭を下げた。

「ありがとう。しばらくお世話になります」

そう。最初は「しばらく」のつもりだったのだ。

数日間か、長くてもひと月か。それくらいあれば呪いを解いてもらい、今後の身の振り方を決められるだろうと思っていた。

だから、このときは想像もしなかった。

——謙遜ではなく、魔女としてのラーナは相当の「ポンコツ」で、呪いが解けないまま八年間も共に暮らすことになるなんて。

(1) 怠惰な半魔女《ハーフ・ウィッチ》と世話焼きな養い子

「はぁ……アマンダ・ミラー先生の『愛の動乱』シリーズは、いつ読んでも素敵ねー……」

朝食の後から読み耽《ふけ》っていた本をぱたんと閉じて、ラーナはベッドの上に突っ伏した。

今から七十年前に刊行されたその本は、敵対する国の王子と王女が、陰謀の中で出会って別れてを繰り返す壮大なロマンス小説だ。

経年劣化に黄ばんだ頁《ページ》はぼろぼろで、慎重に扱わないとすぐに破れてしまう。もう何十回読み返したか覚えていない、ラーナの一番の愛読書だった。

「でもこれ、完結する前に作者が亡くなっちゃったのよね。ああ、続きが読みたいな……当て馬にさらわれたヒロインは、このあとどうなる予定だったのかな……交霊術が使えたら、アマンダ先生に直接訊《き》いてみたいんだけど……」

もどかしさに足をばたつかせると、ベッドから大量の埃《ほこり》が舞った。ここしばらく布団を干していなかったし、シーツの交換もさぼっていたのだ。

足元のほうで「ぷしゅんっ!」とくしゃみの音がして、きいきいする声がラーナを詰《なじ》った。

「やめろって、埃が立つから! 朝から本ばっかり読んで、薬草畑の世話もしないで! もうちょっときりきり働こうって気にならないのかよ?」

「いいじゃない、たまには。クルトはいつも私に厳しすぎると思う」

ラーナは寝転んだまま首をすくめた。

お説教をしてくるのは、長い尻尾を不機嫌そうに揺らす長毛種の黒猫だった。ふさふさした尻尾と四つ脚の先だけが、神様がうっかり染め忘れたかのように白い。

口うるさいこの猫の性別は雄で、クルトという。

ラーナが名づけたのではなく、三年前に森で出会ったとき、自分から名乗ったのだ。

そのときのクルトは野犬に追いかけられて、木に登ったまま降りられずに往生していた。通りかかったラーナが助けてやると、感謝するどころかふんぞり返り、

『お前、魔女なの? え、父親は人間? どうりで半端な魔力しかないと思った。使い魔も連れてないんじゃ、魔女仲間に舐《な》められるだろ。仕方ないから、オレがそばにいてやってもいいぜ』

とまくしたて、あれよあれよと押しかけ使い魔となったのだ。

猫や鴉《からす》、蛇や蛙《かえる》といった生き物の中には、人の言葉を解すものが稀《まれ》にいて、彼らは本能的に

仕える魔女を求める。

もっとも魔女の数が減った最近では、使い魔自体も滅多《めった》に生まれないらしいが。

「第一、ラーナが交霊術？　一人前の魔女ならともかく、ポンコツなお前じゃ無理だって。呪文を唱えたって成功率はいいとこ二割だし、そもそも呪文自体ろくに覚えてないし」

「別に私は、立派な魔女にならなきゃなんて思ってないもの」

馬鹿にされたラーナは、むっとして言い返した。

「魔女が当たり前にいた昔ならともかく、このご時世、正体がばれたら迫害されるばっかりじゃない。そもそも大きすぎる魔力には、それに伴う責任ってものが……」

「ウィルの呪いがいまだに解けないのは、ラーナの力不足のせいだろ」

うぐ、とラーナの喉が音を立てた。

図星をつかれて何も言えない。そればかりはなんとかすべきだと思いながら、すでに八年ごしの課題になっている。

「だから、それは……解呪の基本は術者の特定からなのに、誰に呪われたの？　ってこと自体、ウィルは話せないわけで……おまけにあの子にかけられた呪いは、ひとつじゃないみたいだし……」

もごもごと言い訳していると、外から扉をノックされた。

「ラーナ、入るぞ」

「――え、ウィル⁉」

ちょうど彼の話をしているところだったから、ラーナはがばっと身を起こした。

扉を開けたのは、黒髪の少年だった。

洗いざらしのシャツに、踝丈《くるぶしたけ》の茶色いズボン。どちらもゆったりした作りなので、華奢な体つきがいっそう際立っている。

「ごめん、お腹減った？　そろそろお昼にしようか」

「そうじゃなくて……畑の水やりと草抜き、やっておいたから」

「え、本当？　助かる！」

「あと、それ」

万歳するラーナに、ウィルは無表情で言った。指さしているのは、ラーナのお尻に敷かれたくしゃくしゃのベッドシーツだ。

「洗濯するから剥《は》がしていいか？　今日は天気がいいし、今から干せば夕方には乾くから」

「洗ってくれるの？　ありがと、ちょっと待ってね！」

ラーナはベッドから降りて、シーツをぐいっと引っ張った。

ほとんど「巣」と化していたベッドから、積み上げた本や、脱ぎっぱなしの寝間着や、片方だけの靴下や、編みかけで放置されたマフラーなどがいっせいに雪崩《なだ》れ落ちた。

「あーあーあー、もう……！」

窓枠に飛び乗って避難したクルトが、目も当てられないとばかりにぼやいた。

「なんで余計なものを先にどかさないかな？　なんでもかんでもベッドに置くんじゃないって、これまでに何度も言ったよな？」

「でも、食べ物は持ち込んでないし」

「こんな汚部屋《おべや》に腐るもの置いといたら、それこそ虫が湧くだろ！」

怒鳴られて、ラーナは周囲を見渡した。

緑溢《あふ》れる森の奥にぽつんと建った、ログハウスの一室だ。

とある画家がアトリエを兼ねて造った二階建ての家で、作品を所蔵する関係上、どの部屋もそれなりの広さがあり、天井も高く取られている。

しかしその開放感は、この部屋に限っていえばまったく感じられなかった。

床には足の踏み場もないほど多くの物が散乱し、書き物机も同様で、もはや本来の用途をなしていない。衣装簞笥《いしょうだんす》はどれも半端に抽斗《ひきだし》が開き、夏服と冬服がごっちゃになって詰め込まれている。

目にうるさい雑多な光景の構成物は、ほとんどがガラクタだ。

どこかの骨董《こっとう》市で手に入れた、錆びたジョウロ。開け方を忘れた寄木細工のからくり箱。綿のはみ出したウサギのぬいぐるみに、駒の欠けたチェスセット。

ボタンが取れたままのブラウスに、底に穴の開いたブーツに、いつか使うかもと思いながら半永久的に死蔵されることが決定しているビーズや端切れのコレクション。

中には埃をかぶった水晶玉や、気が向いたときだけ飛行訓練に使う箒《ほうき》や、まったく当たらないタロットカードなど、魔女らしいアイテムもぽつぽつと混ざっている。

「百四十年も生きてたら、これくらい物も溜《た》まるでしょ」

「この家に引っ越してきたのは十年前だって言ってなかったか？」

とぼけるラーナに、クルトはすかさず切り返した。

元の住人が旅先で死んだきり打ち捨てられていたこの家に、ラーナは十年前から住み込んでいた。周囲の環境が豊かで、薬師の仕事に使う薬草がたくさん採れるからだ。

雨漏りする屋根を塞ぎ、ぶよぶよに浮いた床板を打ちつけ、煙突に作られていた鳥の巣を撤去し、なんとか住める環境に整えた。途中からはウィルと暮らし始め、彼が修繕を手伝ってくれたのでずいぶん楽になった。

愛着のある我が家だし、散らかった部屋でもラーナ自身は過ごしやすいのだが、神経質なクルトには、許しがたい怠惰の象徴に見えるらしい。

「出したらしまう！　ものを買ったらその分捨てる！　大体、ラーナはズボラすぎるんだよ。掃除も洗濯もいつの間にかウィルの担当になってるし、こんな子供にばっかり働かせて……」

「俺は子供じゃない。この家に来て八年だから、実際はもう二十歳だ」

まくしたてるクルトを遮ったのは、当のウィル自身だった。

「家のことをするのは嫌いじゃないし、別にいい。それに、ラーナは何もしてないわけじゃない。ラーナの作る薬はよく効くって評判だし、料理だってすごく上手《うま》い」

「ありがと、ウィル」

真顔で褒められ、ラーナはくすぐったい気持ちになった。

亡き母仕込みの薬の調合術と、料理人だった父由来の調理の腕。そのふたつだけは捨てたものじゃないと、自分でも思っている。

それと同時に、『俺は子供じゃない』という言葉に、申し訳ない気持ちも湧いた。

「ごめんね。生い立ちを話せない呪いはともかく、成長しない呪いだけでもなんとかしてあげたいんだけど……私がポンコツだから」

ウィルと暮らし始めてから、一年ほど経った頃に気がついた。

成長期のはずなのに、彼の体つきに変化はなく、身長もラーナより頭半分低いままだった。すべすべした顎に髭《ひげ》が生えてくることもなかったし、声変わりの気配もなかった。

呪いによって、肉体の成長を止められている――そう察したラーナは、解呪の方法を懸命に探した。

それまでももちろん調べてはいたのだが、素性を話せない呪いについてはさほど重要ではないと、どこかで楽観視していたのだ。

生まれ育ちがどうでも、ウィルは素直ないい子だったし、一緒に暮らす上でなんの問題もなかった。元の生活に未練を残しているようなら話は別だが、ウィル自身もここでの暮らしに前向きに馴染《なじ》んでいる様子だった。

が、周りと同じように歳をとれない不自由さは、ラーナ自身も身に染みている。時を経ても変化しない外見は、「童顔だから」で押し通しても、さすがに十年もすれば怪しまれる。

そのたびに住まいを替え、商《あきな》い先を替え、せっかくついた顧客も手放し、友人とも別れなければならなかった。

ロマンス小説を読む程度には恋愛に憧れもあるが、寿命の差がある以上、悲しい結末は避けられないので、自分には無縁だと諦めた。

(ウィルにまで、私と同じ思いはさせたくない)

そこだけでも「普通」に戻してやりたくて、ラーナは母が遺《のこ》した魔導書を片っ端から読み込んだ。自分なりに術式を解析して解呪に挑んだが、努力が実を結ぶことはなかった。

何もできないまま月日が過ぎて、出会いから八年が過ぎた今も、ウィルの見た目は依然として十二歳のままだ。

変わったのは、自分を「僕」と言っていたのが、いつの間にか「俺」になったこと。

最初のうちはラーナと同じベッドで寝てくれたのに、しばらくすると拒まれるようになったこと。

何度「気にしないで」と言っても、ラーナに養われることに負い目を感じているらしいこと。

その埋め合わせのように率先して家事を引き受け、完璧な主夫業をこなせるようになったこと——などなどだ。頑固なシミ汚れも鍋の焦げつきも、ウィルの手はそれこそ魔法のように、あっという間にぴかぴかにする。

真面目で働き者の養い子が自慢な反面、不憫《ふびん》だとも思わずにはいられない。

こんなにもまめで気の利《き》く子が年相応に育っていれば、周りの娘たちが放っておかないだろうに。

「ごめんね、ウィル。ちゃんとした大人になりたいよね」

「……なりたい」

「だよね。ウィルだってお年頃だし、森での毎日は刺激が少なくて退屈でしょ？　自立して働いて、町で暮らせるようになるのが一番いいのはわかってる」

「いや、そういう意味で大人になりたいってわけじゃ――」

「でも私、諦めてないから!」

ラーナはウィルに向き直り、力いっぱいに抱きしめた。

「知り合いの古本屋とか古物商に声かけて、呪いに関する本が入荷したら、すぐに引き取るって言ってあるから。お母さんの魔導書には書いてなかった解呪法が、それで見つかるかもしれないし」

「そんなことしたら、ラーナが怪しまれないか?」

心配そうな声が肩口で響く。

自分の身を案じてくれるウィルがいじらしく、ラーナは彼の髪をわしゃわしゃと掻き回した。

「大丈夫。もし何かあったら、また別の土地に逃げればいいもの。そのときは皆一緒だからね。ウィルの呪いが解けて、私と暮らさなくてもすむようになるまで、保護者の役目はちゃんと果たすから」

「保護者……」

ウィルの目から光が消えていくことに、彼の顔が見えないラーナは気づかない。昔の癖で頬擦りをすれば、水蜜桃《すいみつとう》のような肌ざわりにうっとりした。

「んー、ウィルのお肌ってほんと気持ちいい……もっとすりすりしてもいい?」

なんの他意もなく、すべすべした感触を味わいたくて密着する。

腕の中の体がみるみる強張《こわば》り、弾《はじ》かれたように動いた。

「やめろ……！」

どん！　と突き飛ばされて、ラーナは面食らった。

後ろ向きによろけて踏みとどまれば、耳まで真っ赤になったウィルが肩で息をしていた。

険しい表情は一瞬で拭《ぬぐ》われ、乱暴したことを悔いるように目を逸《そ》らす。

「ごめん……これ、洗濯してくるから」

くしゃくしゃのシーツを抱え、ウィルは逃げるように部屋を出ていった。

残されたラーナは、一部始終を見ていたクルトに向けて呟いた。

「なんだろ……そんなに嫌なことしちゃったかな？　昔のウィルなら、抱っこもすりすりも喜んでくれてたと思うんだけど……」

最初こそ、ラーナに触れられるたび緊張していたウィルだったが、何度もそうするうちに、次第に安堵の表情を浮かべるようになっていった。

もしかすると家族との縁が薄い環境だったのかもしれないと、ラーナは想像した。

実の親に抱きしめられたり、甘やかされた経験が、ウィルにはあまりないのではないか。

ラーナが両親と暮らせたのは、今思えばわずかな間だったが、愛情深く育てられた記憶はある。父の作った美味《おい》しい料理を食べて、母の胸に抱かれて眠った思い出が、今も自分を支えてくれている。

だからウィルにも同じ経験をさせてやりたかった。

ラーナ自身、こんな隠遁《いんとん》生活をしていれば人恋しさも募っていたし、スキンシップ過剰だったことは否めない。弟ができたような嬉《うれ》しさから一緒に寝ようと誘ったり、スープを「あーん」して飲ませてやったりと、あれこれと世話を焼いた。

月日を重ねるにつれ、やや迷惑そうにされることはあったものの、今のようにあからさまな拒絶を示されたことは初めてだ。

「ひょっとして私、臭かった？」

それが原因で突き飛ばされたのかと、ラーナは腕を上げ、自分の腋《わき》をくんくんと嗅いだ。

森を歩くのに便利な膝下丈のカントリードレスは、ウィルが頻繁に洗濯してくれるので清潔なはずだ。

夏の終わりとはいえ汗をかくから、森の中の湖へ水浴びにも行く。それだけでは落ちない汚れがあったとしても、三日に一度は風呂を沸かして入ってもいる。

「自分じゃわかんないけど、もしかして加齢臭とかしちゃってる？　ちょっとクルト、耳の後ろ嗅いでくれない？　人間って老化するとそのへんから臭いだすんだって」

「やだよ」

　クルトは鼻の頭に皺《しわ》を寄せた。

「別にラーナは臭くないし。ウィルが離れてほしがったのは、もっと別の理由」

「え、なんで？　どういうこと？」

「ウィルも報われないよなぁ……こんな女とひとつ屋根の下で暮らしてちゃ、見てるほうが気の毒になってくる」

「嘘。私、そんなに嫌なことしてる？」

「生殺しにはしてるよな」

「半殺し!?　私、ウィルをぶったり蹴ったりしてないけど？」

「半殺しじゃなくて生殺し！　はぁ、頭痛くなってきた……」

「半と生ってどう違うの？　半生？　生焼け？　……生焼けケーキ？」

　ぶつぶつと呟いているうちに、いい考えが浮かんだ。

「今日のおやつは、ルバーブの砂糖漬けのケーキにしよう！　ウィルの好物だから、きっと機嫌直してくれるわよね」

　そうと決まれば、まずはオーブンを温めなくては。

　鼻歌を歌いながら階下に降りていくラーナを眺め、クルトはやれやれと首を振った。

「誰に似たんだか……――ほんっと鈍感なんだから」

◆◆◆

その翌日。

月に何度かの「商い」のため、ラーナは珍しくこざっぱりとした格好で森を出た。

皺の寄っていない生成《きな》りのブラウスに、若草色のスカート。普段はぼさぼさの髪にはちゃんと櫛《くし》を通し、鮮やかな空色のリボンを結んだ。

斜め掛けにした鞄《かばん》には、ラーナ自身が調合した様々な種類の薬が入っている。

熱冷ましや胃もたれ緩和の粉薬、下痢止めや二日酔いに効く丸薬《がんやく》、肌荒れや虫刺され用の塗り薬など。病院や薬屋に卸《おろ》すものもあれば、個人の注文を受けて直接届けにいく分もあった。

商い先はいくつかあるのだが、今から向かうのは、一年ほど前から通っているミナスという町だった。王都からそう遠くない場所にあり、都会過ぎず田舎すぎずで便利がいい。

森を出て、街道沿いをしばらく行けば乗り合い馬車が通るので、それに乗って一刻もすれば目的地だ。

ミナスに着いたラーナは、まずは得意先のひとつである薬屋に向かった。

「こんにちは、おかみさん」

「ああ、ラーナちゃん。先月ぶりだね。待ってたよ」

カウンターの向こうから、中年の女店主が笑顔で迎えてくれた。ラーナの背後に目をやって、

「あら？」と首を傾《かし》げる。

「その子は？　初めて見る顔だね」

「私の弟で、ウィルっていいます」

嘘も方便だと思いながら紹介すると、

「……どうも」

と、ウィルは不愛想に呟いて頭を下げた。

今日の外出は食材や雑貨の買い出しも兼ねており、荷物持ちとして彼も同行していた。

「まぁまぁ、綺麗《きれい》な顔の男の子だねぇ！　ラーナちゃんに弟がいたなんて知らなかったよ。あ、飴《あめ》食べるかい？　のど飴だけど甘いやつだよ」

無愛想さよりも美少年ぶりのほうが刺さったようで、店主は相好を崩し、ウィルにのど飴をすすめた。強引に押しつけられたそれを、ウィルは困惑気味に受け取っている。

その様子を、ラーナは微笑《ほほえ》ましいような後ろめたいような気持ちで眺めた。

（やっぱりたまにはこんなふうに、私以外の人とも話したほうがいいわよね）

ウィルと一緒に町へ出ることは、ごく稀だ。

ラーナだけなら、歳をとらないことを数年は誤魔化《ごまか》せても、育ち盛りに見える彼の場合はそうはいかない。

本当は学校にも行かせてやりたいし、友達も作らせてやりたかった。

勉強についていえば、ウィルには驚くほどの向学心があり、ラーナが買い与えた語学や数学の本を自己流で消化していた。普通の学生にも引けを取らないどころか、今では教師か学者にでもなれるほどの知識量だ。

それを生かせる環境に送り出してやれないのは、やはりラーナが未熟で、呪いを解けないせいなのだ。

「じゃあ、今日のところはこれとこれをいただくよ。お代は五十リールだったね?」

「ありがとうございます。確かに」

代金のやりとりを終えたのち、「そういえば」と思い出したように店主が言った。

「一応訊《き》くんだけどさ。ラーナちゃん、惚《ほ》れ薬って作れるかい?」

「惚れ薬?」

「というより、媚薬《びやく》だね。いわゆる催淫剤ってやつだよ」

店の隅で待つウィルの耳を憚《はばか》ってか、店主は声をひそめた。

「作れないことはないですけど……おかみさん、いい人でもできたんですか？」

確か彼女は、ずいぶん前に夫と死に別れたと聞いていたが——と思いながら尋ねると、店主は顔を赤らめた。

「違うよ！　使うのはあたしじゃなくて、この町の商家のボンボンさ！」

彼女曰《いわ》く、数日前にやってきたその青年から、「惚れ薬はあるか？」と尋ねられたらしい。扱っていないと答えても、「作れる人間を知らないか」「金ならいくらでも出す」と、やたらにしつこかったそうだ。

「今年で三十にもなるのに、家の仕事も手伝わないでのらくらしてるドラ息子でね。金払いがいいのは確かだから、ラーナちゃんさえよければ紹介しようかと思ったんだけど……やっぱりやめとくかい？」

「大丈夫です。次に来るまでに用意しておくと、先方に伝えてください。その人の家まで届けにいきますから」

こういった依頼は、これまでにもたびたびあった。

魔女の媚薬は効果が高い割に依存性もないので、売人がばらまく麻薬混じりの薬に手を出されるよりはマシだと、頼まれれば引き受けることにしていた。

店主から依頼人の住所を聞いたのち、ラーナは他の得意先を回った。

途中で昼食を食べたり、必要な買い物をしたりするうちに、いつしか夕暮れになっていた。

最後に立ち寄るのは、初老の男性が一人で暮らしている町外れの家だった。

「こんにちは、ガレオンさん。薬売りのラーナです」

ノッカーを鳴らしてしばし待つと、玄関の扉が開き、家主が顔を出した。自宅にいながらにして上等そうな上着を羽織り、首からはループタイを下げている。

「……あんたか。そろそろ来ると思ってたよ」

白髪《しらが》の目立つガレオンの年齢は、六十代の半ばくらいだろうか。年齢の割に背筋は伸びており、矍鑠《かくしゃく》としたご隠居といった風情だ。

眉間に刻まれた皺や、むっつりと引き結ばれた唇は、お世辞にもとっつきやすそうとは言えないが、ラーナのことはそれなりに気に入ってくれているらしい。

彼もまた、薬屋の店主に紹介してもらった客の一人だった。

「お邪魔します。今日は弟も一緒なんですけど、構いませんか?」

「弟?」

ラーナの後ろに立つウィルを見やり、ガレオンは息を呑《の》んだ。

何故《なぜ》かウィルも同様に、アッシュグレイの瞳を見開いている。

二人の反応の理由がわからず、ラーナは戸惑った。

張りつめながら結ばれた視線を、先に逸《そ》らしたのはウィルのほうだった。

「……俺はいい。見たいものがあるから、商店街のあたりに戻ってる」

一方的に言って、ウィルは踵《きびす》を返した。

呆気《あっけ》にとられるラーナの肩を、ガレオンが焦ったように摑んだ。

「あの子は、本当にあんたの弟なのか？　名前はなんというんだ？」

「ウィル……ですけど」

「なんだと――」

普段は厳《いか》めしいばかりの表情が、目まぐるしく変化した。

泣き出す寸前のように歪《ゆが》み、希望を見つけたかのように微笑み、それからふっと我に返って冷静さを取り戻した。

「いや、そんなはずはない。……他人の空似に違いない」

「ひょっとして、あの子に似た人を知ってるんですか？」

「勘違いだ。忘れてくれ」

素っ気なく言い放たれたものの、ラーナはどきどきした。

ウィルと暮らして八年目。彼の素性を知るかもしれない人が、ようやく現れた。

（ちゃんと話を聞かなくちゃ。ウィルが元の居場所に帰れるチャンスかもしれない）

そう思うのに、何故か舌が痺れたようになって言葉が出ない。

焦る思考の隅で、もう一人の自分の声が聞こえた気がした。

——それでいいの？　もう家族みたいな存在なのに、急にウィルがいなくなっても。

（いいに決まってるじゃない。それが本人のためなんだから）

——ガレオンさんと知り合いだったとして、どうしてウィルは逃げたの？　もしかして苦手な相手や、会いたくない人だったんじゃないの？

（……そうかもしれない）

落ち着かなくてはと、ラーナは胸を押さえて深呼吸した。

ガレオンはやや偏屈だが、悪い人間ではないと思っていた。

一緒にいてもほとんど喋らないが、ラーナの来訪に備えて、常にお茶とお菓子を用意してくれている。ラーナがそれを頬張《ほおば》り、とりとめもない世間話をする間、くつろいだ様子で耳を傾けていた。

寝つきをよくする睡眠薬を届けてほしいというのは口実で、一人暮らしの退屈な日々に少しだけ変化が欲しい。そんなつもりで顧客になってくれているのだろう。

けれどよく考えれば、ガレオンについてそれ以上のことは知らない。

ミナスに住み始めたのは十年ほど前らしいが、近所の人々とも交流はろくにないようだ。妻とは死別したのか、未婚を貫いているのかもわからないし、訪ねてくる子供や友人もいないらしい。

（焦りは禁物だわ。ウィルのことを訊くのなら、ガレオンさんのことをもっとよく知って、信頼できる人だってわかってからのほうがいい）

そう決めると、ひとまず動悸《どうき》が治まった。

「案山子《かかし》みたいに突っ立ってないで、とっとと入れ」

ラーナを招き入れるべく、ガレオンが戸口で身を引いた。

かすかに芽生えた警戒心を隠すように微笑んで、ラーナは家の中へ足を踏み入れた。

◆◆◆

頼まれていた薬を渡し、いつもどおりにお茶をしてガレオンの家を辞したのは、およそ半刻後のことだった。

町の中心に向けて歩きながら、ラーナは肩をすくめた。

（……手強《てごわ》かったなぁ、ガレオンさん）

以前はどこに住んでいたのか、どんな仕事をしていたのか。

雑談にまぎれてさりげなく訊き出そうとしたのだが、

『昔話をするのは好きじゃない』

と、にべもなく拒否されてしまった。

(部屋に置いてある家具とか、結構いいものなんだよね。服も体型に合わせて仕立ててあるし、実はお金持ちっぽい。その割には使用人も雇わないで、身の回りのことは自分でしてるらしいのが謎なんだけど)

残念ながら、ラーナは名探偵ではない。これだけの材料でガレオンの経歴は暴けない。

ひとまず頭を切り替え、ウィルを探すことにした。見たいものがあると言っていたが、勉強好きな彼のことだから本屋だろうか。

あたりをつけて覗いてみたが、黒髪の少年の姿は見当たらなかった。

お昼を食べてからしばらく経つし、小腹が空いたのかもしれないと、屋台の並ぶ通りにも立ち寄ってみた。それでもやはりウィルはいない。

「困ったな。帰りの馬車の時間があるから、それまでに合流しなくちゃなのに……」

暮れゆく空を見上げて独りごちたとき、ぽん、と肩を叩《たた》かれた。

「ウィル？」

てっきり彼だと思って振り返り、ラーナは眉をひそめた。

「何に困ってるんだ、お嬢ちゃん？　俺が助けてやろうか？」

ラーナの肩に触れてにやにやしているのは、ニキビ痕《あと》の目立つ赤毛の青年だった。口調も態度も馴《な》れ馴《な》れしいが、面識のない相手だ。

「連れを捜してるの、放して」

青年の手を払おうとしたが、逆に手首を摑まれてしまった。

その勢いのまま、近くの路地裏に引きずり込まれる。まずいと思ったときには壁に背を押しつけられ、掌《てのひら》で口を塞がれていた。

「んんっ……！」

やみくもに首を振って暴れたが、拘束は解けない。顔を寄せてきた青年から強い口臭がして、酒を飲んでいるのだとわかった。

「連れって男か？　あんたみたいな可愛い子をほっぽらかす奴《やつ》よりも、俺と遊ぼうぜ。この先に行きつけの連れ込み宿があるからよ」

頬をべろりと舐められて、蛞蝓《なめくじ》に這《は》われたほうがマシだと思うほどの怖気《おぞけ》が湧く。

恐怖を怒りに変えて、ラーナは必死に身をよじった。

（なんで百四十年も守ってきた貞操を、こんな奴に奪われなきゃいけないのよ！）

これまで誰とも付き合ったことのないラーナは、当然のように処女だ。

ロマンス小説の読みすぎだとクルトには馬鹿にされるが、いつか「初めて」を迎えるのなら――たとえ添い遂げられないことは決まっていても――心から愛して信頼できる人に身を委《ゆだ》ねたいと思っていた。

(こんな奴、魔法で髪の毛を燃やしてやる――って、喋れないから呪文も唱えられないし)

力のある魔女なら心で願うだけで、炎でも雷《いかずち》でも意のままに発生させられる。

ラーナの場合は呪文すらうろ覚えだし、ちゃんと詠唱できたところで、成功率はクルトの言うとおり二割だ。実用的という意味では、まだ護身術でも習ったほうが確実だ。

そうこうする間にも、男はブラウスの上からラーナの胸を乱暴に揉《も》み立ててくる。

「あんた、意外と着痩せするんだな。デカい上に柔らけぇ乳してんじゃねぇか」

息を荒くした青年が、ラーナの太腿《ふともも》に下半身を擦りつけた。ズボンごしに存在を主張する欲望の塊に、全身が凍りついた。

(嫌だ、気持ち悪い……っ……)

嫌悪感のあまり吐き気が湧いた瞬間、小柄な人影が路地裏に飛び込んできた。

「ラーナを放せ!」

怒気《どき》に満ちた声に、ラーナは目を瞠《みは》った。

青年の脇腹に飛びついたウィルが、ラーナから力ずくで引き剥《は》がそうとする。

「なんだぁ、お前？」

　不意をつかれたとはいえ、体格差では青年のほうに分があった。蹴り上げた膝がウィルの鳩尾《みぞおち》にめり込んで、吹っ飛んだ体が地面に叩きつけられる。

「あそこの皮も剥《む》けてねぇようなガキは、すっこんでろってんだよ！」

　顔と言わず、腹といわず、青年はめちゃくちゃにウィルを蹴った。呻《うめ》きながらうずくまる養い子の姿に、ラーナの頭に血がのぼった。

「何するのよ、この馬鹿っ！」

　ラーナは青年の背後から飛びかかり、その耳に噛《か》みついた。食いちぎってやるつもりで、手加減なしに夢中で歯を立てる。

「あだだだっ！　くそ、このアマっ……！」

　振《ふ》り解《ほど》こうと慌てる青年の隙を、ウィルは見逃さなかった。

　どうにか身を起こすと、男の股間に渾身《こんしん》の蹴りを放つ。青年の顔がみるみる青くなり、両目が裏返って、前のめりにどっと倒れた。

「やった！　ウィル、大丈夫⁉」

「いいから逃げるぞ……！」

　ぼろぼろの体で、ウィルはラーナの手を引いた。そのまま駆け出すつもりだったのだろうが、がくんと膝が折れてしまう。

地面に手をついて喘《あえ》ぐ彼の前に、ラーナは背を向けてしゃがんだ。

「無理しないで。私がおんぶするから背中に乗って」

「……それこそ無理だ」

「無理じゃない。私はウィルの保護者なんだから」

大事な養い子の顔は腫れ、唇も派手に切れていた。服の下はきっと痣《あざ》ずくめだし、骨や内臓にも損傷を受けているかもしれない。

自分のために傷だらけになった姿に、ありがたさと申し訳なさで息が詰まりそうだった。

「ウィルのことは私が守るんだから。ぐだぐだ言わないで乗って、早く!」

◆◆◆

家の外では、篠《しの》つく雨がもう三日も降り続けていた。

ラーナが満身創痍《まんしんそうい》のウィルを連れ帰った、その夜から降り出した雨だ。

「まだ止《や》まないね……」

窓辺に立ったラーナはカーテンをめくり、誰にともなく呟いた。

澱《よど》んだ雨雲の下、濡れた森は緑の色と土の匂いを濃くしている。

ラーナの自室とは逆に、整然とした部屋の主《あるじ》であるウィルは、ベッドで寝入っていた。

火事場の馬鹿力を発揮したラーナがどうにか背負って馬車に乗り込み、下車したあとは『自分で歩く』と言い張る彼に肩を貸してここまで運んだ。

最後の無理が祟《たた》ったのか、家に帰り着くなり、ウィルは高熱を出して倒れてしまった。

特製の解熱剤を飲ませ、ようやく微熱にまで下がったものの、体力が失われたせいか常にうとうとしている。

責任を感じたラーナはずっとそばに付き添い、看病に明け暮れていた。

事情を聞いたクルトは、

『名誉の負傷ってやつだな』

と茶化《ちゃか》したが、やはり心配なのかウィルの足元でうずくまり、今は寝息を立てている。

だから、誰も自分の言葉を聞いてはいない。

わかった上で、鬱々した空気を振り払うように、ラーナは独り言を重ねた。

「畑の水やりをしなくていいのは助かるけど、この勢いで降り続けたら根腐れしちゃうかも。雨が止んだら様子を見に行かないとね。駄目になった分は仕方ないから破棄して、この間植えた苗が流されてたらやり直して……」

「俺も手伝う」

返ってくるとは思っていなかった声がして、ラーナは振り返った。

この三日間、ほぼ絶食だったせいで面窶《おもやつ》れしたウィルが、ベッドの上で身を起こしていた。

「ウィル、もういいの？　熱は？」

慌てて近づき、額に額を押し当てて体温を測る。ウィルがわずかに身を引く姿勢を見せたが、ラーナは彼の肩を摑んで抵抗を封じた。

「よかった、平熱みたい……お腹は空いてる？　何か食べられそう？」

「いらない」

「そんなこと言ったって、体力を取り戻すには食べなくちゃ。ミルク粥《がゆ》なら大丈夫かな。すぐに作ってくるから――」

「そんなことより」

身を翻《ひるがえ》すラーナの手首を、ウィルが摑んで止めた。

病人とは思えない強い力だった。

「ごめん」

「え？」

「迷惑かけて悪かった。ラーナのこと、格好よく助けられなくて……」

「どうしてウィルが謝るの？」

うなだれたウィルに、ラーナは再び向き直った。

「ウィルは私を助けようとしてくれたのに。自分より大きな相手に、ちっとも怯《ひる》まないで飛びかかっていって。格好よかったよ。嬉しかった。謝らなきゃいけないのは、うっかりあんな奴に目をつけられた私のほう」

「ラーナは何も悪くない」

ウィルは顔を上げ、強い口調で言った。

「ラーナは可愛いし、声をかけたくなるのもわかるけど。いきなりあんな真似《まね》をする男は、ただのクズだ」

「ええと……慰めてくれてるのかな。ありがと」

ラーナは戸惑いがちに苦笑した。

「でも、ああいう奴は相手が誰だっていいんだよ。別に可愛くなくたって、ぼうっとしてて隙があれば狙われるの」

「違う。ラーナは可愛い」

ウィルは執拗《しつよう》に繰り返した。

そんなことを言われたのは初めてで、ラーナはますます当惑した。

「俺がそばを離れなきゃよかったんだ。たまたま路地裏に連れ込まれるところを見かけたからよかったけど、そうじゃなきゃどうなってたか……」

手首を摑む手から、かすかな震えが伝わってくる。

悔しさを嚙《か》み締《し》めるように、ウィルは奥歯を食いしばっていた。

「そんなに自分を責めないで」

彼の心を解《ほど》きたくて、ラーナは言った。

「ウィルは私を助けに来てくれたんだから。ちゃんと間に合ったし、結果的には逃げられたじゃない」

「それもラーナがあいつに嚙みついて、隙を作ってくれたからだ」

何を言われても受け入れられないのか、ウィルは頑《かたく》なに首を横に振った。

「ボコボコにされて、守るつもりだった相手におぶわれて帰るなんてみっともない。せめて、俺の体が大人のものだったら――……」

声を途切れさせたウィルに、ラーナは思わず腕を伸ばした。

ベッドに乗り上がり、うつむく頭を胸に引き寄せ、力いっぱいに抱きしめた。

「いい子だよ、ウィルは」

落ち込む彼を慰めたい一心で、手触りのいい黒髪を何度も撫でる。

「私の自慢の家族で、弟で、本当にいい子なんだから……」

「――子供扱いするな！」

腕を振り解かれた次の瞬間、ラーナはベッドの上に倒れ込んでいた。

眦《まなじり》を吊り上げたウィルに肩を押され、馬乗りになられていたのだった。

「ど……どうしたの？　私にべたべたされるの、そんなに嫌だった？」

この間も、ウィルに頬ずりをしたら怒ったような顔で突き飛ばされた。

同じ失敗をしてしまったのかと反省し、謝りかけたときだった。

「嫌じゃない。……けど」

鼻と鼻が触れ合うほどの距離で、ウィルは言った。

降りしきる雨の音が、さっきよりも大きく耳についた。

「俺を子供だと思ってるから、ああいうことができるんだろう。ラーナは」

熱のこもった声が、途切れ途切れに落ちてくる。

かつてない雰囲気に、ラーナは固唾《かたず》を呑んだ。

目の前にいるのは、八年間を共に暮らした男の子だ。

感情を露《あらわ》にすることは少ないが、優しくて真面目な養い子。

なのに、どうしてだろう。

今はまったく知らない誰かを相手にしているように、体が緊張している。

「本当に気づいていないのか？」

「……何を……？」

念を押すように訊かれ、ラーナはかすれた声で呟いた。

こちらを見下ろすウィルの瞳が、痛みを堪えるように細められた。

「俺はラーナが好きなんだ」

「そんなの、私だって好きよ？」

「わかってない。――俺の『好き』は、こういうことをしたい種類の『好き』だって」

「……っ!?」

驚きのあまり呼吸が止まった。

ラーナの唇は、ウィルのそれにぴったりと塞がれていた。

自分よりも高い彼の体温に、ラーナの体も引きずられるように熱くなる。

家族同然の相手にキスされ、「保護者」としてどう振る舞うのが正解なのか、脳が煮溶けてわからなくなる。

「……好きだ、ラーナ。俺を拾ってくれたあの日から、ずっと」

呆然とするラーナに口づけながら、ウィルは堰《せ》き止めてきたものを解き放つように告げた。

「子供にしか思われてないって知ってたから、言えなかった。だけどもう黙ってられない。ラーナが他の男にあんなことをされるくらいなら、俺が……俺だって――……っ」

がむしゃらに重なる唇と、ぶつけられる情熱に、もはや何も考えられない。

経験があれば上手く対処できたのかもしれないが、百四十年も生きていながら、ラーナにとってはこれが初めてのキスだった。

「う……ぅ、んん……っ」

意識が朧《おぼろ》になり、視界が白んでいく。

こんなにも何も見えなくなるほど、すべてが真っ白になるのか――と思ったところで、さすがに普通の状態ではないと気がついた。

（――これ、何？）

いつの間にか、周囲は強く眩《まばゆ》い光で満たされていた。

光源はといえば、それはウィルの体から放たれているのだった。

すぐそこにいるはずの彼の輪郭も、壁も床も天井も、何もかもが謎の光に溶けていく。

思わぬ怪現象にキスが途切れ、ウィルの戸惑う声がした。

「なんだ、これ……ラーナの魔法か？」

「ち、違う……わかんない……」

光の奔流に網膜を灼《や》かれ、目を開けていられなくなって、ラーナはウィルを守ろうと抱きしめた。

腕を回した先の感触に、ふと違和感を覚える。

(……ウィルの背中って、こんなに広かった?)

目をつぶって抱き合ったまま、どれだけそうしていただろう。

閉じた瞼《まぶた》ごしに、光がゆっくりと引いていくのを感じた。心の中で十まで数えてから、恐る恐る目を開ける。

「ウィル、大丈夫? ……――っ!」

視界に飛び込んできた光景に、音を立てて血の気が引いた。

そこにいたのは、ラーナの可愛い養い子ではなかった。

広い肩に、太い首。筋肉の発達した厚い胸。

精悍《せいかん》な眉に、凛々《りり》しい鼻筋。妙に色っぽい造作の唇。

――十二歳の少年には到底見えない、二十歳前後の美青年がそこにいた。

「どうした、ラーナ?」

声もまた、ラーナの知っているものとは違う、低くて落ち着いた大人の声だった。

その彼に押し倒された格好のラーナは、あわあわと指を突きつけた。

「あっ……あなた誰⁉　ついでに、なんで裸なの⁉」

「俺はウィルだけど――……裸？」

言われて初めて、青年は自らの体を見下ろした。

一糸《いっし》纏わぬ姿に気づいた彼は、耳まで赤くして飛びすさった。

「っ、……ごめん！」

「と、とりあえず、それでもかぶってて！」

ベッドの隅に押しやられた掛け布を指差すと、青年はマントのように肩から羽織った。

ようやく裸が隠れてほっとしたのか、自分の顔にそっと触れ、信じられないように呟いた。

「もしかして……俺、大人になれたのか……？」

よく見れば、周囲には千切れた服の残骸が散っていた。彼の体が突然大きくなったので、破れてしまったのだろう。

ラーナは混乱を飲み下し、状況を整理しようと努めた。

「あなた、本当にウィルなのね？」

「ああ」

「何かのきっかけで呪いが解けたってこと？　これまで停滞してた時間の分、一気に成長したんだとしたら……」

「きっかけっていうのは、さっきのキスか？」

ずばりと言われ、ラーナは呟き込んだ。

自分でも薄々そうではないかと思っていたが、面と向かって言葉にされると心臓に悪い。

「俺がラーナにキスしたから、呪いが解けたのか？　愛する人とのキスが呪いに効くっていうお伽話《とぎばなし》は本当だったんだな」

「いや、待って⁉　そんなに簡単に解決するなら、これまでの私の努力はなんだったんだって話になるんだけど⁉」

魔女の血を引く者として立つ瀬がなく、頭を抱えたくなる。

（しかも、『愛する人』って……――）

さっきも『好きだ』と告白されたが、成人男性の姿で言われると破壊力が違った。

ウィル自身は念願の大人になれて顔を輝かせているが、こっちは予想外の美男子ぶりに目が潰れそうだ。

（そりゃ、子供のときから美少年だなとは思ってたけど！　成長したら、ここまでかっこよくなるなんて聞いてない……！）

飲み下したはずの混乱が再びせり上がってくる。

そこに割って入ったのは、第三者の冷静なひと言だった。

「ただのキスじゃ呪いは解けないよ」

すっかり存在を忘れていたクルトが、ベッドの端で前脚を突っ張って伸びをした。

「さっきから薄目で見てたけど、盛《さか》るなら二人きりのときにしてくれよ。猫と違って、人間ってやつは年中発情期だから困るよな」

「……悪い」

「盛ってない！」

気まずそうなウィルと反射的に噛みつくラーナを一瞥《いちべつ》し、

「ウィルの呪いが解けた理由だけど」

と、クルトは話を戻した。

「オレも今思い出したけど、そういえばこんな魔術原則があるんだよ。『同じ術者による呪いを受けた者同士がキスすると、魔力が反発しあって、どちらかの呪いが解ける』ってやつ」

「『同じ術者による呪い』？」

繰り返して、ラーナは息を呑んだ。

（まさか……）

思いもしなかった可能性に、胸が不穏に轟《とどろ》く。

顔色の変わったラーナを、ウィルが案じるように覗き込んだ。

「どういうことだ？　もしかして俺だけじゃなく、ラーナも誰かに呪われて――？」

「リグレンヌって魔女を知ってる？」

単刀直入に尋ねると、ウィルは瞬《まばた》きして首を横に振った。

「リグレンヌ？　いや……」

「もしかしたら名前を変えてるかもしれない。私と同じ銀髪で、緑の目をした魔女よ」

今度はウィルが息を呑む番だった。

しばしの沈黙を挟み、彼は言った。

「それは多分、俺の義母だ。今はサミアって名前で、この国の王妃の座におさまってる」

「え、義母？　義理のお母さんが……王妃？」

「俺の本名は、ウィルゼイン・メイディア・カルナード」

名乗ったウィルは、複雑な面持《おもも》ちで告げた。

「呪いが解けたからやっと言える。――その魔女に城を追われた、カルナードの王太子だ」

(2) 呪いが解けたら王子様だなんて聞いてません

今となっては、知る者もいない昔――およそ三百年近く前のこと。

魔力を持つ存在がさほど珍しくなかった当時、リグレシアとリグレンヌという双子の魔女がいた。

おっとりとした姉のリグレシアと、我儘《わがまま》で勝ち気な妹のリグレンヌ。

どちらも容姿は瓜ふたつで、銀の巻き毛に翡翠色の瞳を持つ美人姉妹だった。人里離れた山中に庵《いおり》を構え、魔力を自在に操って、何不自由のない生活を送っていた。

二人はとても仲がよかったが、あるとき妹のリグレンヌは、ひょんなことから魔力を放出し尽くして、いつ覚めるともしれない眠りについてしまう。

眠る妹の周囲を枯れない花で埋め尽くし、リグレシアはひたすらに待った。リグレンヌの魔力が再び満ちて、いつか目覚める瞬間を。

しかし、ずっと妹と生きてきたリグレシアにとって、あてもなく待ち続ける孤独な日々はつらかった。

妹さえいれば何もいらないと思っていたのに、三十年ほどが過ぎた頃、寂しさに耐えかねて人の暮らす町に下りてしまった。

そこでリグレシアは、小さな食堂を切り盛りする朴訥《ぼくとつ》な青年に出会う。

魔法で生み出すどんな料理よりも、彼の作る食事は美味《おい》しかった。いつしか二人は惹《ひ》かれ合い、リグレシアのお腹には新たな命が宿った。

そこで初めて、リグレシアは自身が魔女であることを打ち明けた。

五百年近い寿命を持つ魔女と、あっという間に年老いてしまう人間とでは、共に生きることは難しい。

別れを覚悟で告白したのに、青年はそれでも構わないと言い切った。自分が息絶えるその日まで、妻と子に美味しい料理を作り続けられれば満足だ――と。

そうしてリグレシアは、新たな家族を得た。

人の暮らしにまぎれ、夫と共に働く日々は、これまでにない充足感をもたらした。

月満ちて生まれたのは、髪の色も瞳の色も母親にそっくりな女の子だった。

ラーナと名づけられたその子は、両親の愛情を注がれて健《すこ》やかに育った。

十七歳になる頃には、父親からは料理のコツを、母親からは魔女の秘薬作りを受け継ぎ、自身が半魔女《ハーフ・ウィッチ》であることも自然と受け入れていた。

平穏な家族の暮らしは、しかし突然覆《くつがえ》される。

五十年近く眠っていたリグレンヌが、ついに目覚めを迎えたのだ。

荒れ果てた庵で覚醒したリグレンヌは、姉がそばにいないことに愕然とした。

遠見《とおみ》の術で行方を探ったところ、見も知らぬ人間の男と暮らし、子供まで儲《もう》けていることを知って、裏切られた怒りに震えた。

悠久の時を生きる魔女からすれば、人間など、会話するにも値《あたい》しない虫のようなものだ。

無害な虫であれば構わないが、彼らは都合のいいときだけ、魔女の魔法や薬に頼ろうとする。そのくせ、災害が起きたり疫病が広まったりすれば、すべてを魔女のせいにして石を投げてくるのだ。

だから自分たちは、人の営みから離れた場所で、互いだけを頼りに生きてきた。

――姉様にだって、私がいればそれでいいはずだったのに。

――たった五十年くらい、どうして待ってくれなかったの。あんなに平凡な男のどこがいいの。しかも子供まで孕《はら》まされたなんて、穢《けが》らわしい……！

気性の激しいリグレンヌは、湧き立つ感情のままに動いた。

リグレシアの暮らす町に瞬時に飛ぶと、姉の夫が閉店準備をしている食堂の扉を蹴り開けた。

『すみません、今夜はもうおしまいで……』

申し訳なさそうに振り返った彼は、最後まで言い終えることはできなかった。

おそらく、己の身に何が起こったのかもわからないままだっただろう。

愛する妻そっくりの女が指を弾くと、彼の首は見えない斧《おの》を食らったように千切れて飛び、壁に当たって跳ね返った。

血の噴き出す生首を鷲摑《わしづか》みにし、リグレンヌは店の二階へと上がった。そこが家族の住まいなのだ。

居間の扉を開けると、揺り椅子でうたた寝していたリグレシアが目をこすった。

『……お疲れ様、あなた。お茶でも淹《い》れる？』

まだ視界がはっきりしていないのか、リグレシアは部屋に入ってきた人物が夫だと思っているようだった。

『飲ませてやればいいわ、好きなだけ』

姉の膝に向けて、リグレンヌは生首を放り投げた。

とっさに受け止めたリグレシアは、掌《てのひら》を濡らす血と光を失った夫の瞳に、一拍遅れて悲鳴をあげた。

『久しぶり、姉様』

ぞっとするほど冷たい声で、リグレンヌは言った。

『ままごと遊びは楽しかった？　暇潰しのお人形ならもういらないでしょう。一緒に私たちの家に帰りましょう？』

『リグレンヌ……っ』

歩み寄ってくる妹を、リグレシアは化け物を見るような目で見上げた。

姉の手がささくれていることに、リグレンヌは舌打ちした。

姉と自分は充分な魔力に溢れた魔女だ。炊事も掃除も魔法で難なくこなせるのに、リグレシアはわざわざ美しい手を荒らして水仕事をしてきたのだ。

人間の男の妻として、普通の生活を送ると決めたから。

『なんてくだらない。――私が目を覚まさせてあげる』

リグレンヌが手をかざすと、次元の隙間から生じた茨《いばら》が姉の全身を締め上げた。

リグレシアの体はそのまま、鎖で吊り上げられたように宙に浮く。膝から落ちた生首が、床の上を無造作に転がった。

『リグレンヌ……どうして、こんなひどいこと……！』

喉元を茨に圧迫されながら、リグレシアがようやく妹を非難した。

『姉様がしたことは、ひどいことじゃないの？　私が眠ってたのをいいことに、私より大切なものを作っておいて?』

大切なもの。

その言葉に、リグレシアがはっと目を瞠《みは》る。

間の悪いことに居間の扉が開き、寝間着姿の少女が顔を覗かせた。

『どうしたの、お母さん? ……こんな時間にお客さん?』

『ラーナ、逃げて!』

リグレシアが叫び、ラーナと呼ばれた娘はきょとんとした。

——棘《とげ》だらけの茨で、がんじがらめにされた母親。

——その足元に転がる、こと切れた父親の首。

——目の前に立ち塞がる、母親にそっくりな謎の美女。

非現実的な光景に理解が追いつかないのか、時が止まったようにただ立ち尽くしている。

『初めまして、ラーナ。私はリグレンヌ。あなたの叔母よ』

『叔母様……?』

『姉様によく似てること。叔母がいるなんて、お母さんから聞いたこともなかった?』

事の経緯を一方的に話し終えると、リグレンヌは口元だけで笑った。

『感謝して。——あなたは可愛いから、楽に死なせてあげる』

リグレンヌの腕が伸び、指先から青白い光が迸《ほとばし》った。あらゆる生き物の命を奪う、【終焉《しゅうえん》の息吹】の魔法だ。

息を呑むラーナの胸を、光はまっすぐに貫いた。

心臓は瞬時に停止し、リグレシアが腹を痛めて産んだ娘は絶命するはずだった。――が。

『っ……⁉』

リグレンヌの表情に、初めて動揺が浮かんだ。

貫かれたラーナの胸から、霧のような金色《こんじき》の光が湧き出る。なんらかの魔力を帯びたものだと、リグレンヌにはすぐに察した。

それは呪いの光と混ざってたゆたい、ラーナの体に再び吸い込まれていく。

本人も何が起きているのかわからないのか、母譲りの翡翠色の瞳を円《まる》くしていた。

『――守護魔法よ』

背後からリグレシアの声がした。

『ラーナが生まれたとき、私が祈りを込めてかけたの。この子が悪意ある魔術を受けた場合、その効果を妨げるように。一度しか効かないし、予想しきれない副作用もあるけど……』

振り返れば、リグレシアは笑っていた。

安堵したように笑い、大粒の涙を零していた。

それを見たリグレンヌは顔を引き攣《つ》らせ、姉の身にすがりついた。

『姉様、待って！　そんなふうに泣いたら……！』

『ラーナ。あなたには教えてなかったわね』

慌てる妹に目もくれず、リグレシアは我が子に話しかけた。

『純血の魔女には、それぞれ弱みがあるの。生まれつき定められたもので、絶対に克服できない弱点だから、誰にも秘密にしていることよ』

『……弱点？』

ラーナが鸚鵡《おうむ》返しに呟けば、リグレシアは頷いた。

『炎とか水とか油とか、月齢七日目の月の光とか。特定のそれに触れたとき、寿命が尽きるのを待たずに魔女は滅びる。――私の場合は、自分の涙』

『やめて、姉様。泣いたら消えちゃう！』

すべてを受け入れたようなリグレシアと、唖然とするラーナの間で、リグレンヌだけが半狂乱になっていた。

『許して、ラーナ……私の我儘でこんなことになって……本当は、家族なんて作っちゃいけなかったのに……私のせいで、あなたからお父さんを奪ってしまって……』

『――お母さん！』

ここにきて、やっとラーナは叫んだ。

涙に濡れた母の頬が、輪郭をなくして溶けていく。

この世の誰よりも美しいと信じていた顔が、熱を加えた蠟人形《ろうにんぎょう》のように歪み、首から下もどろりと崩れていった。

悪夢のほうがまだしも救われる光景に、ふたつの絶叫が重なる。

『嫌だお母さん、死なないで！』

『姉様、どうして!? やっと会えたのに嘘でしょう、ねぇ……！』

リグレシアだった「もの」は床の上でぐずぐずに溶け、ふいに跡形も残さず消失した。すぐそばに転がっていた、夫の生首とともに。

リグレンヌが天を仰ぎ、断末魔の獣のように吼《ほ》えた。

魔女の激情は突風を生み、カーテンが翻《ひるがえ》って部屋中の家具が浮いた。無軌道に飛び回るそれらから、ラーナはとっさに伏せて身を庇《かば》った。

そうして、どれくらいの時間が経ったのか。

気づけば風はやみ、ラーナは嵐が通り過ぎたような部屋で取り残されていた。

リグレンヌの姿はなく、愛する両親も消えた家に、唐突に一人にされたのだった。

『お母さん……お父、さぁん……』

じわじわと現実が身に染みて、赤ん坊のようにラーナは泣いた。

床の上に突っ伏し、声が嗄《か》れるまで慟哭《どうこく》したが、どれだけ涙を流しても、母と同じように溶けて消えてしまうことはできなかった。

◆◆◆

「――それが大体、百二十年前の話。そのあと私は町を出て、薬師として暮らしてきたの」

「百二十年も、ずっと一人で……？」

黙って耳を傾けていたウィルが、かすれた声で尋ねた。

その目に宿る痛ましげな色に、ラーナは話したことを少し後悔した。

同情が嫌だというのではなく、優しいウィルに、自分のせいでつらい気持ちになってほしくなかった。

それでもやはり、黙ったままというわけにはいかなかっただろう。

ウィルの本当の身分はこの国の王子であり、ラーナと出会うまでの経緯に、自分の叔母が関わっていると聞かされては。

「俺は何も知らなかったんだな。ラーナの母親が魔女で、父親が料理人だったってこと以外は

「……」

「それしか話してないもの。当然よ」

「だけど、今聞けてよかった。──ラーナのことを知れてよかった。少しでも」

ウィルは噛み締めるように呟いた。

見つめられる視線の強さに、ラーナはそわそわした。

掛け布を羽織っているとはいえ、裸の男性とベッドで向き合っている状況は、落ち着かないことこの上ない。

「リグレンヌがその後どうしてるのかは、知らなかったのか？」

「風の噂ではときどき聞こえてきたけど……」

西の大陸で大津波が起こったのも、とある国の王が怪死したのも、退屈に倦《う》んだリグレンヌの仕業だと、魔女仲間の間では囁《ささや》かれていた。

今ではその仲間たちもちりぢりになってしまったし、未熟な半魔女《ハーフ・ウィッチ》のラーナでは、リグレンヌの行方を突き止めることもできない。

「できない」と思うことで、彼女の存在を意識しないようにしていた。

リグレンヌのことを思い出せば、両親の仇だと憎まざるをえなくなる。

父と母の死に様を改めて思い出してしまう。

あの日の出来事を、ラーナはなるべく記憶の底に押しやっていた。大切にしているのは、二人に愛されて育った幸せな思い出だけだ。

父直伝の料理を作り、母仕込みの調薬の知識に頼って暮らしていると、自分は親元を離れて自立しただけで、あの家に帰ればいつでも会えるのだと錯覚する瞬間すらある。

そんなふうに自分を騙《だま》す術《すべ》ばかり、百二十年間で上手くなってしまった。

「私もいろんな土地を転々としたし、カルナードに来たのも十年前で、リグレンヌがこの国にいるなんて知らなかった。お妃様の悪評は聞いてたけど、それがあの人だとは思わないし……その上、ウィルのお義母《かあ》さんだったなんて」

「――つまり俺たちは、どっちもリグレンヌの被害者なんだな」

ウィルは重々しく呟いた。

その独白に物騒な気配を感じて、ラーナは急いで言った。

「もしかして、仕返ししようとか考えてる？　駄目よ。あんな強い魔女に、一人で挑もうだなんて絶対に駄目」

「だけど」

「わかってる。ウィルはこの国の王位継承者だし、こんなところにいるべき人じゃないって。ただお城に戻るにしても、正面から乗り込むんじゃなくて安全な方法を探さないと」

脳裏によぎるのは、血にまみれた父親の生首だ。

凄惨すぎてほんの一瞬しか見られなかったが、ウィルが父と同じ目に遭うかもしれないと思うと、無謀なことはさせられなかった。

「ごめんね。王子様なのにこんな辺鄙《へんぴ》なところに住ませて、掃除も洗濯もさせちゃって。これからはちゃんとする……っていうか、こういう喋《しゃべ》り方もやめたほうがいいのかな。敬語ってあんまり得意じゃないんだけど、ウィル様……じゃなくて、ウィルゼイン殿下？」

「やめてくれ」

悪い冗談でも聞いたように、ウィルは顔をしかめた。

「正直、自分が王子だなんて忘れかけてた。ラーナに拾われた日から、俺はただのウィルになった。ラーナだけが俺を人間扱いしてくれたんだ」

たたみかけるような訴えに、ラーナは彼の生い立ちに思いを馳《は》せた。

実の母親が死に、リグレンヌが父親の後妻におさまったのち、ウィルは城の外れの塔に幽閉されていたという。

小さな子供がたった一人で、話し相手もいない環境で——身分こそ王族でも、それは囚人に等しく、一種の虐待に違いない。

城の外に飛ばされ、ようやく自由になれると思ったが、ウィルを知らない大人も子供も、皆が彼に冷たかった。

　リグレンヌのせいで国が荒れ、他人に手を差し伸べる余裕がなかったことは理解できる。

　けれどあのままなら、ウィルは遠からず餓死していた。路傍《ろぼう》で冷たくなっても、そこらで死んだ犬猫同然に処理されることは確実だった。

「ラーナと暮らして、俺はやっと温かい食べ物の味を思い出せた。誰かと他愛無《たあいな》い話をする喜びも、抱きしめてもらえる嬉しさも」

「何も特別なことなんてしてないよ」

　すべての子供には無条件に、温かい食事と寝床が与えられるべきだ。

　それはしょせん綺麗ごとであり、不幸な子供の全員を救えないにしても、ラーナはウィルに出会った。出会ってしまった以上、放ってはおけなかった。

「私は大人なんだし、自分にできる限りのことはしなきゃって思っただけ。私もウィルと暮らせて楽しかったんだから、恩義なんて感じないでいいんだよ。呪いが解けて大人になれたんだし、この家を出て好きなところで暮らしてくれても」

「ラーナは俺を追い出したいのか？」

　傷ついたような顔をされ、ラーナは慌てて否定した。

「そうじゃなくて、ウィルには自分の思うとおりに生きる権利があるってこと。王族の身分を捨てるつもりならそれでもいいし……王子様だったことの恩恵なんてほとんど受けてないんだから、いまさら責任も何もないでしょ?」

ラーナ自身、こんなふうに唆《そそのか》すようなこと言っていいのかと迷いはした。

だが万一、責任感ゆえに城に戻り、リグレンヌを討ち取るとでも言い出されたら、それはやはり阻止したかった。

「ウィルは賢いし、勉強も得意なんだから、学校の先生や学者にだってなれるよ。そんなに格好よかったら、女の子にだってもてるだろうし。そのうちの誰かと結婚して、普通に家族を作れば……」

「聞いてなかったのか?　俺はラーナが好きだって」

怒ったような目で睨《にら》まれ、ラーナは言葉に詰まった。

こっちは年上なのだから動揺するな――と自分に言い聞かせ、なるべく冷静に続ける。

「それはきっと思い込みよ」

「思い込み?」

「ウィルのそばにいた異性は、これまで私だけだったから。家族愛とか、優しくされて嬉しかった気持ちを、恋だと勘違いしてるだけ」

だからさっきのキスは間違いで、なかったことにするのが正しい。

――生まれて初めての経験に体が火照《ほて》り、どきどきしてしまった自分の反応も。

「俺のこの気持ちは、勘違い……か」

感情の抜け落ちたような声がした。

「少なくとも、ラーナはそう思ってるってことなんだな」

言うなり、ウィルは身を乗り出した。

またさっきのように押し倒されるのかと、反射的に身構える。だが彼は腕を伸ばし、サイドテーブルの抽斗《ひきだし》を開けようとしただけだった。

（……びっくりした）

性懲《しょうこ》りもなく騒ぐ胸を、ラーナは両手で押さえた。

ちゃんと立ってみないことにはわからないが、今のウィルはラーナよりも、頭ひとつ分以上は背が高い。そんな大きな体で迫ってこられると、どうしたって動揺する。

「ラーナ」

呼びかけられて視線を戻せば、ウィルが右手を差し出していた。

その掌に載ったものに視線が釘づけになり、知らず声が洩《も》れた。

「――可愛い」

「町に行って、ラーナと別れたときに雑貨屋で見つけたんだ」

それは、エナメル加工が施されたバレッタだった。

艶のある白地に淡紫の菫《すみれ》が焼きつけられ、派手さはないがとても可憐《かれん》だ。

「この間、お気に入りの髪飾りをなくしたって言ってたし、菫はラーナの好きな花だろ？」

「待って、お金は？」

町ではぐれたときのためにと、ウィルには馬車代程度のお金を持たせていたが、それだけで買えるような品ではないだろう。

「貯《た》めた」

「え？」

「三年くらい前から、近くの村に薪《たきぎ》や茸《きのこ》を売りに行ってた。ラーナに頼らずに、少しでも自由になる金が欲しかったから」

ラーナは面食らった。

子供だと思っていたウィルが、いつの間にかそんなにしっかりしていた——いや、中身が二十歳であることを思えば、何も不思議はないのだが。

「いつも与えてもらうばかりだったから、俺からも何かを返したくて。受け取ってくれるか？」

「それはもちろん、嬉しいけど……」

「後ろを向いて」

戸惑いながらも、ラーナはウィルに背を向けた。

彼の手が流れる銀髪をすくい、後頭部の中心でまとめてバレッタを留める。

「似合ってる」

「……ほんとに？」

男性から贈り物をされたのは初めてで、どんな顔をしていいのかわからない。

頬を染めてうつむいていると、大きな手が肩を滑り、びくっとした瞬間に背後から抱きしめられていた。

「俺を追い出さないで、ラーナ」

「追い出すなんて……」

こんなときだけ子供めいた口調で訴えるウィルに、困惑せずにはいられない。

「ラーナからしたら、この気持ちは勘違いでも。俺はラーナのそばを離れたくないし、これまで以上に役に立ちたい。――ラーナに、俺を必要としてほしい」

両手を中途半端に浮かせたまま、ラーナは固まった。

抱きしめるウィルの腕に触れたいのか、振り解《ほど》きたいのか、自分でもわからなかった。

「ラーナ」

耳のそばに近づいた唇で、熱っぽく名前を呼ばれる。

くすぐったさに振り返ると、唇が唇をかすめた。とっさに顔を背《そむ》け、口をついたのは、

「クルトが見てるから……！」

と、使い魔の存在を理由にした言い訳だった。

「いないよ。とっくに」

「えっ……」

いつの間にと周囲を見回せば、確かにクルトの姿はどこにもなかった。扉が細く開いていて、そこから出て行ったようだ。

「気を利かせてくれたんじゃないか？　俺がラーナを好きなことは、クルトにはとっくにばれてたから」

「そうなの⁉」

「気づいてなかったのはラーナだけだ」

追いかけてくるウィルの唇から、逃げ切ることはできなかった。

首をひねったままキスをされ、ラーナは焦った。

力では敵《かな》わないし、一《いち》か八《ばち》か魔法を使えば抵抗できるかもしれないが、ウィルを傷つけたいわけじゃない。肉体的にも精神的にもだ。

迷っている間に、ウィルは次の一手に出た。

ラーナの胸に後ろから手を伸ばし、ゆるゆると撫《な》で回し始めたのだ。

「っ、何して……⁉」

「触ってみたかった。ずっと」

「ど、堂々と言えばいいってもんじゃないからね⁉」

「いつも押しつけてきたのはラーナのほうだろう」

開き直ったようにウィルは言った。

「俺が子供だと思って、何度も気安く抱きついて。こっちはそのたび悶々《もんもん》して、生殺しにさせられたのに」

「生殺しって……」

その言葉は最近、どこかで聞いた。クルトとの会話だったと思い出す。

（やっぱりクルトは知ってたの？　ウィルが私のことを好きだって……）

だとしたらこの家の中で、自分だけが鈍感で間抜けだったのだ。

長年の鬱屈をぶつけるように、ウィルの手の動きはより大胆になる。小柄なわりに量感のある膨らみが揉まれ、掌の中でむにむにと形を変えた。

「んっ……あぁぁ……」

息が弾み、触れられた部分からじわじわと甘い痺れが広がる。

自分の体がそんなふうに反応するだなんて、ラーナは知らなかった。

ロマンス小説はたくさん読んできたし、一線を越える描写もあるにはあったが、肝心の部分は曖昧な表現でぼかされている。ラーナが好きな小説は特に古いものだったから、最近の流行はまた違うのかもしれないが。

「ラーナは小説をたくさん読んで、『恋をしてみたい』って言ってただろう?」

心を読んだようなタイミングで、ウィルが尋ねた。

「その相手が俺じゃいけないか？　俺のことは男として見られない？」

「そ、れは……んっ……」

これまではウィルの言うとおり、異性だなんてまったく意識していなかった。

けれど、今は――魅力的な容姿とたくましい体躯《たいく》を兼ね備えた男性からこんなふうに触れられて、平然としていろというほうが無理だ。

「本気で好きな相手ができるまででもいい。俺はラーナの恋人になりたい」

「や……ん、ぁあぁっ……！」

ウィルの指先が乳房の中心を捉え、きゅっとひねりを加えた。

感じたことのない疼きが突き上げて、反《そ》らせた喉から勝手に声が洩れる。

「本当に硬くなるんだな……」

ウィルが感心したように呟いた。

「俺が読んだ本に書いてあった。こうして触ると、女性はここを硬くするんだって」

「ど……どういう本なの、それ？」

「艶本《えんぽん》。いつも薪を買ってくれる村の男が、『坊主にいいもんやるよ』って譲ってくれた」

「どこのおっさんよ、私の可愛いウィルに余計なことしてくれたのは！」

純粋無垢《むく》だったウィルはもうどこにもいないのだ――と泣きたくなったところで、そうではないと思い直す。

ウィルを純真な子供だと思いたがっていたのは、自分だけだ。

鈍感だったというのも今になれば言い訳で、両親が失われた穴を埋めるかのように、いつまでも変わらない家族ごっこを望んでいた。

ウィルのほうもそれがわかっていたから、子供の姿でいるしかなかった間は、想《おも》いを秘めていてくれたのだ。

「余計なことなんかじゃない」

ラーナの考えを裏づけるように、ウィルは言い返した。

「健康な男だったら、好きな相手に触れたくなるのは普通のことだ。そのときにちゃんとしたやり方を知らないで傷つけるほうが、恥ずかしいし情けないだろ」

カントリードレスの前ボタンを外した手が、シュミーズの下にまで滑り込んできた。

厚い掌が膨らみを直に包み、先端をくりくりと撚《よ》った。乳首のみならず、乳輪までが硬く凝《こご》って、きゅうっと切ない刺激が走る。

「ん、ぁあ……っあ！」

「ラーナも、直接触られるほうが気持ちよさそうだな」

体を反転させられ、ベッドの上でウィルと向かい合う形になった。

シュミーズの肩紐《かたひも》をずらされ、露《あらわ》になった胸にウィルが顔を寄せてくる。

「ちょっと、や……っ！」

小粒なラズベリーにも似た乳頭《にゅうとう》を、ぺろっと舐められて語尾が跳ねた。

弾力や味わいを確かめるように舌が何度も往復し、唇ではくりと咥《くわ》え込まれる。

「はぁんっ……！」

「ここも……ずっと舐めてみたかった……」

念願叶ったとばかりに、ウィルはちゅうちゅうと熱心に乳首をしゃぶった。唇で食《は》まれ、舌でぬるぬるとこそげられ、指で弄《いじ》られるのとはまた違う快楽に、腰の奥がじんじんした。

ちゅうっと強く吸いつかれ、愉悦が引き出されるごとに、抵抗の意思が萎《な》えていく。

このままでは、初心者のウィルにどこまでも気持ちよくさせられてしまう。

（さすが、何をやらせても勘のいい子……じゃなくて！）

そうこうするうちに、彼の手はスカートの裾をたくしあげた。色気も素っ気もない木綿のドロワーズを見られ、ラーナは脚をじたばたさせた。

「きょ……今日は勝負パンツじゃないのに……っ」

「勝負パンツってなんだ。どんなのを持ってて、いつ穿《は》くんだ？」

俺以外の男の前で――？　という圧の強い視線に怯《ひる》み、ラーナはぼそぼそと告白した。

「ごめんなさい、見栄《みえ》張りました。勝負する機会なんてないし、透けてるのも紐《ひも》パンツも、一枚も持ってません……」

「だろうな。洗濯してても見たことない」

「～～～～っ……！」

そういえば、ラーナの衣類は下着までウィルが洗ってくれていたのだった。

さすがにそれはどうかと思わないではなかったが、ウィル本人が当然のように回収していくものだから、いつしか当たり前になってしまった。

「洗う前の私の下着、変なことに使ったりしてないわよね？」

「変なことってなんだ」

「え、それは……」

真顔で返されて、ラーナはしどろもどろになる。

それ専門の泥棒というものが存在するくらいだから、女性の下着に執着する人種がいることは知っているが、具体的にどう「使う」のかはよくわかっていなかった。

「何を想像したんだ？　間違っててもいいから言ってみろ」

「体が大きくなったら態度まででかくなってない⁉」

苦しまぎれに怒鳴ると、ウィルは顔を背《そむ》けてぷはっと笑った。

場違いな笑いに毒気を抜かれていると、彼は改めて微笑んだ。

「こんなことをされても、ラーナはいつもどおりだな」

「どういう意味よ」

「空気を読まないいし、色気がなくてやかましい」

「わ……悪かったわね！」

「悪くない。むしろ嬉しい」

「は？」

「こういう雰囲気に慣れてないのは、俺以外の誰とも、こんなことはしてこなかった――って意味だよな？」

「やっ……!?」

いつの間にかウィルはドロワーズの紐を解き、太腿まで引き下げていた。

中途半端な位置で留まった下着のせいで、両脚の自由がきかない。ウィルの手が下腹を這い、淡く茂った叢《くさむら》を撫でて、大事な場所へと忍び込んだ。

「やっ……そこ、やだ……」

「痛くしない。約束する」

怯《おび》えるラーナに、ウィルは真摯に言った。

「ラーナを気持ちよくさせたいだけだ。俺を恋人として認めてくれるまで、無理に抱こうとしたりしないから」

(……そうなの?)

呆気に取られたのち、ラーナの体から力が抜けた。安堵した隙にドロワーズを脱がされ、太腿を押し開かれて、覆うものをなくした秘部がとうとう晒《さら》されてしまった。

「これが、ラーナの……——」

ウィルの喉が、ごくりと音を立てて上下する。

せめて真っ暗な夜であれば、まだ平気だっただろうか。激しい羞恥に、ラーナはぎゅっと目をつぶった。

（なんなの、この状況……）

今朝まではこんなことになるなんて、露《つゆ》ほども思っていなかった。

目を閉じていても、ウィルがそこをじっくりと凝視しているのがわかる。

情欲を湛《たた》えた視線に炙《あぶ》られ、自然と疼き出した場所に、出し抜けに指を伸ばされた。

「ひゃっ……！」

外から響く雨音の合間に、くちゅっ……と粘着質な音が立つ。

やっぱりやめようと言いたいのに、花唇の狭間《はざま》をゆるゆると撫でられる刺激は思いがけず鮮烈で、ラーナはひどく惑乱した。

「すごく熱くて、湿ってる……ここはいつもこんななのか？」

「っ……、知らな……」

「こうして触ってると、もっと溢れてくる」

向学心と探求心。

ウィルの長所であるそれらを、今ほど発揮しないでほしいと思ったことはなかった。指が泳ぐたびに下肢をがくがくさせるラーナを、彼は飽くことなく攻めてくる。

「中も触っていいか？」

「ふぁ……っあ！」

とろとろと蜜を吐き出す秘口《ひこう》に、長い指が半ばまで沈んだ。

それ以上は――と怖くなる寸前で止まったそれは、内側をぐるりと撫で回し、天井の窪《くぼ》みを押し上げた。

「いっ……あぁぁ……！」

快楽がぶわりと膨らみ、嬌声《きょうせい》があがった。

あからさまな反応に自信を得たのか、ウィルの指は蜜洞《みつほら》をいっそう蹂躙《じゅうりん》した。

ざらつく襞《ひだ》を掻き分けるようにしたかと思えば、より深い場所を小刻みに引っ掻く。ぬちゅぬちゅと指を出し入れされると、波紋のような快感が全身に広がっていく。

「音、すごいな――……」

「いやぁっ……」

言わないでとラーナは頭《かぶり》を振った。

ひっきりなしに湧き出す愛液のせいで、そこはひどいことになっていた。お尻のほうまで垂れた蜜がシーツを濡らし、ウィルが手首を揺らすごとにぷちゅぷちゅと淫らな水音が響く。

「う、ああ……んっ……も、やめ……」

中指一本で、ラーナはウィルにすっかり支配されていた。はふはふと犬のように喘いでいると、すでにいっぱいいっぱいな入口を、新たな指が解《ほぐ》し始める。

「に……二本なんて駄目！　無理……！」

「入るようにできてるはずなんだ。こうして慣らせば……」

侵入済みの指が媚肉《びにく》を柔らかく捏《こ》ねると、体の奥がきゅうっとよじれる心地がした。蜜口が綻びた隙を逃《のが》さず、ウィルが人差し指をぐいと押し込める。

狭い場所を引き伸ばされる痛みはあったが、倍になった質量にそこは徐々に馴染んでいった。

「ほら、入った。それに、さっきより奥まで呑み込んでくれてる」

「ぁああ、や……いっぱいすぎて、怖い……っ」

「大丈夫だから。これくらいできついなら、男のアレなんて入らないだろ」

男のアレ。

そう言われて見たことのないものを想像し、ラーナの視線は自《おの》ずと動いた。

ウィルが羽織った掛け布は大分ずり落ちて、腰のあたりにわだかまっている。

肝心の部分が隠されていることにほっとするような、残念なような、自分でもわからない気持ちでいると、察したらしいウィルが言った。

「見るか？」

「結構です！」

「どうして緊張すると敬語になるんだ？」

くつくつと楽しそうに笑われて、立つ瀬がない。

笑顔のままウィルはラーナの膝に手をかけ、股座《またぐら》を覗き込んだ。嫌な予感しかしない体勢だった。

「な、何するの？　……ひぁっ……!?」

濡れそぼった蜜孔《みつあな》の少し上。

そこを柔らかなものがかすめた瞬間、鋭い快感に射られ、鳩尾《みぞおち》が痙攣《けいれん》した。

「あっ、ああっ!?　そこ嫌、いやぁっ……！」

憚《はばか》りのない声で叫んでも、ウィルはねっとりと舌を遣わせることをやめなかった。

舐められている部位が陰核と呼ばれることも、最も敏感な性感帯であることも知らないまま、未体験の刺激に翻弄される。

「硬くなって、膨らんできた……男と一緒だな……んっ……」

独りごちたウィルは、初めて飴玉《あめだま》を口にした子供のように、朱鷺《とき》色《いろ》の肉芽を熱心に舐めしゃぶった。

ときに軽く吸い上げ、舌の先で小刻みにつんつん弾く。犬歯がそこをかすめるごとに、齧《かじ》りつかれそうな恐怖が、何故かより深い悦楽をもたらした。

「んっ、ぁぁ、あ……ぁあ……ひぃんっ……」

秘玉《ひぎょく》を舐《ねぶ》られながら、花筒《はなづつ》に食い込んだ指をばらばらに動かされる。

こっちも忘れていないとばかりに、逆の手が胸に伸び、放置されても健気に勃《た》ち上がっていた乳首をぐりぐりと押し捏ねられた。

「っ、ぜんぶ一緒になんて……だめぇ……！」

「駄目なのか？　俺の指、折れそうに締めつけてきてるのに？」

必死の訴えに、ウィルはわざとらしく首を傾げる。

「嫌」「駄目」と口にするほど、彼にされることが気持ちいいのだと、とっくに見抜かれてしまっていた。

二本の指が根本まで突き入れられ、大きく引かれて、またぐりっと奥を抉《えぐ》る。抜かれた途端に寂しくなるそこを何度も穿《うが》たれ、愉悦を高められていった。

「あぁ……ああ、あ……」

ラーナの恥ずかしいところばかりを、ウィルの指と舌があやしている。

唾液にまみれた花芽《はなめ》も、つんと尖《とが》った乳首も、摩擦される蜜洞《みつほら》も、火がついたように熱くてたまらない。下腹が意思とは無関係に波打ち、膣道がぎゅうぎゅうとうねった。

（どうしよう……このままじゃ、私……）

何が起こるのかわからないなりに、ラーナは身震いした。

自分はウィルの保護者なのに。

百歳以上も年上なのに。

こんなふうに他愛《たあい》もなく、我が身の主導権を明け渡してしまうなんて――。

「あっ……い、っ！　んんっ、やだぁぁあ……――っ！」

胸の先に爪を立てられると同時に、ウィルが陰核を強く吸った。

途端に胎《はら》の奥がじゅうっと焦げつき、眼裏《まなうら》が金色に染まる。

おそらくラーナは叫んでいた。

家の外にまで響くほどの声だったのに、生まれて初めての絶頂を迎えた衝撃で、真空に落ち込んだように何も聞こえてはいなかった。

「っ……は……はぁ……あぁ……」

荒い呼吸とともに、遠ざかっていた雨音がゆっくりと戻ってくる。

林檎《りんご》のように紅潮した頬に、ウィルがそっと触れた。

「大丈夫か？」

「ん……死んじゃうかと思ったけど、なんとか……」

安心させるように微笑んで、ラーナははたと我に返った。

一方的に恥ずかしいことばかりされて、年上の威厳を打ち砕かれてしまったのに、へらへらとしている場合ではない。

ラーナは近くにあった枕を、ばふっと抱いて胸を隠した。

「ウィ……ウィルなんか大っ嫌い……！」

気まずさのあまり、子供のように言い放ってもウィルは動揺しなかった。

「じゃあラーナは、嫌いな男に何をされても悦《よろこ》ぶんだな？」

「……え？」

「俺のことは嫌いでも、体のあちこちを吸われたり舐められたりする分には感じるわけだ。こんなに可愛い顔なのに、案外いんら――……」

「淫乱じゃないから！　男の人とこんなことしたの、初めてなんだから！」

己の名誉のために主張すると、ウィルは「やっぱりな」と微笑んだ。

「どうして嬉しそうなのよ」

「ラーナの初めては、俺が全部もらうって決めてたから」

堂々とのたまったウィルは、たじろぐラーナの瞳を覗き込んで宣言した。

「呪いのせいで、八年間もたっぷりおあずけにされたんだ。――絶対に口説き落とすから、覚悟してくれ」

（3）秘めた憂いと浴室での戯れ

「っ……ふわぁ……」

木漏れ日がさざめく森を歩きながら、ラーナは口元も隠さずに大欠伸《おおあくび》した。

涙の浮かぶ目をこすり、眠気を追いやろうと頭を振る。ここのところ寝不足が続いていて、そこらの木陰でちょっと昼寝でもしたいくらいだ。

「でかい口開けてみっともないなぁ。見た目だけは年頃の女の子なのにさ」

いつものごとく毒舌なのは、足元をちょこまかとついてくるクルトだった。

もっふりした尻尾を揺らして歩くたび、紅葉した落ち葉を踏む音が、実りの秋を迎えた森にかさかさと鳴る。

「そんなこと言ったって、眠いものは眠いのよ」

ぼやくラーナが抱える籠には、この季節にだけ採れる栗《くり》や胡桃《くるみ》が山盛りになっていた。

当面の食糧は確保したから、あとはこの先の湖で、薬の原料になる水草を採取すれば、今日の仕事はおしまいだ。

「もしかして子供でもできた？　妊婦って常に眠いもんらしいよ」

出し抜けの台詞《せりふ》に、ラーナは何もない場所で躓《つまず》きかけた。

「なな、なんでそんな……そんな原因になるようなこと、私は何も……」

「なんだ。まだウィルとヤってないんだ？」

「ヤるとか言わないで⁉」

口の悪さはクルトの専売特許だが、ここまであけすけな物言いをしないでほしい。

――ウィルの呪いが解けてから、そろそろひと月。

十二歳から二十歳へと一気に成長を遂げた当人は、すでに大人の体に馴染み、新たな日常を送っていた。最近は毎日のように森を出て、ミナスの町へ通っている。

これまでの借りを返したいからと、荷運びや屋台の店番など、子供の姿ではできなかった日雇いの労働にいそしんでいるのだ。そうして得た報酬で、ラーナの好む菓子やちょっとした小物などを買って帰ることもしょっちゅうだ。

一方のラーナは、急激に変貌した養い子に調子を狂わされっぱなしだった。

何せ、大人になったウィルはかっこいい。

端的に言って、顔がすこぶるいい。

ただ立っているだけで絵になるし、詩人なり彫刻家なりがひと目見れば、彼をモデルに作品を作りたくなる魅力がだだ洩れだ。そんな美青年とひとつ屋根の下で暮らす緊張感は、経験してみないことにはわからない。

養い親の欲目ではない証拠に、最近のウィルは町に行くたび若い女の子に囲まれている。

『今、時間ある？』『お茶でもどう？』『よかったらうちに寄っていかない？』

などと誘われてもやんわり断り、

『誰か決まった人がいるの？』

と尋ねられれば、

『好きな人はいる。まだ口説き落とせてないけど』

と答える様子が硬派でたまらないと、かえってキャアキャア騒がれていた。

何故ラーナがそんなことを知っているのかと言えば、大きな声では言えないが、魔法でこっそり覗いたからだ。

汚部屋の地層の底から水晶玉を掘り出して、なけなしの魔力を総動員し、数年ぶりに遠見《とおみ》の術を使った。

表向きの理由は、ウィルがちゃんと働けているかを確かめるため。

しかしその本心は、粉をかけてくる悪い女《ムシ》がいないかと心配だったからである。

（あくまでも保護者としてよ。ウィルがろくでもない相手に引っかかって身を持ち崩したら、亡くなった本当のお母さんにも申し訳ないし……）

断じて単なる焼きもちなどではない――と内心で言い訳していると、クルトがこちらを振り仰いだ。

「こそこそ監視したり、毎晩寝不足になるくらい意識してるなら、とっとと一線越えちまえばいいのに」

「使い魔って主人の心が読めるんだっけ⁉」

「読めないよ。ラーナの顔見りゃ書いてあるから。ウィルの部屋から物音がするたび、夜中にびくっとしてるじゃん。あれは夜這《よば》いを待ってるんだろ」

「待ってないから！」

さっきからいちいち叫んでいるせいで、息が切れた。

ちょうど視界が開け、湖の畔《ほとり》に出たところで、ラーナは叢《くさむら》に腰を下ろした。

「はぁ、ちょっと休憩……」

「疲れやすいよなー、さすが高齢」

「いちいち人を煽《あお》らなきゃ会話できないの？」

「無駄に歳《とし》食ってるくせにカマトトぶってんのが、見てて鬱陶しいんだよ」

憎まれ口を叩《たた》き合ううち、ラーナはふっと声を落とし、わだかまっていた本音を漏らした。

「そんなこと言われたって——……怖いのよ」

視線の先では、秋晴れの空を鏡映しにした湖が広がっている。

風に撫でられる水面《みなも》は穏やかに波立ち、杭《くい》に繋《つな》がれた小舟が呼吸するように揺れていた。

「怖いって、ウィルが？　隙あらば襲われて犯されるんじゃないかって？」

「そうじゃない……ウィルは、私が本気で嫌がることはしないよ」

ひと月前に想いを告げられ、なしくずし的にあれこれされてしまったが、あれ以来ウィルはラーナの身に触れていない。

働きながらも相変わらず家のことはしてくれるし（下着を洗われるのだけは断固として拒否するようにした）、同じ空間にいるとラーナがくつろげないのを察してか、さりげなく場を外してくれたりもする。

それでもふとした拍子に物言いたげな視線を感じるし、言葉にしない分だけ、深まる想いは伝わるものだ。

一度だけ、改まった様子で訊かれたことがあった。

『ラーナが、リグレンヌにかけられた呪いはなんなんだ？』

——と。

『この間はうっかり聞き損ねたけど。同じ術者に呪われた者同士がキスすると、片方の呪いが解けるんだよな？　今回はたまたま俺だったけど、ラーナにかかった呪いはそのままってことだろう？』

『もともとは、【終焉の息吹】って魔法よ』

忘れてくれていてよかったのに――と思いながら、ラーナは答えた。

『どんな相手でも、一瞬で息の根を止める高度な術。だけどそれは、お母さんの守護魔法で弾かれて……魔力同士がねじれて、ちょっとした副作用が出ちゃって。実質、それがリグレンヌの呪いってことになるのかな』

『具体的にはどういう――』

『大したことじゃないから、もっと楽しい話しようよ。カタツムリって、交尾も産卵も首からするんだって知ってた？』

『……は？』

『卵ひとつ産むのに十分くらいかかるんだけど、最大で六十個以上になることもあるんだって。半日かけて、ぷつ……ぷつ……って首から産卵するの、海亀よりも悠長じゃない？』

『気持ち悪いだろ、それのどこが楽しい話なんだ⁉』

あからさまに誤魔化されて、ウィルは不満そうだった。その後も何度か食い下がられたが、ラーナがのらりくらりとはぐらかすので、最後には諦めたようだ。

「私が怖いのはね……」

髪に指を絡め、ラーナは呟く。

頭の後ろには、ウィルがくれた菫《すみれ》のバレッタが留まっていた。

純粋に気に入っているし、外すとウィルが寂しそうな顔をするので身に着けているが、こんなふうに好意を曖昧に受け入れることもよくないのかもしれない。

「ウィルの恋人になったところで、いつかは離れ離れになるってこと。何年か一緒にいて、お互いに嫌なところが見えてきて別れるならマシだけど。もしもうまくいって、何十年も一緒にいられちゃったら？　ウィルだけが歳をとって、私は今と変わらない姿で彼を看取《みと》るの。どんなに悲しくても、後を追うこともできないの。だって……――」

「だって、ラーナは不老不死だからな」

喉に絡んだ言葉の続きを、引き取ったのはクルトだった。

ラーナは目を伏せて「そうよ」と言った。

「普通の魔女なら、ゆっくりとでも歳をとる。そもそも私は半魔女《ハーフ・ウィッチ》だから、老化の速度は人間と変わらないはずだったのに……」

――十七歳で両親を亡くしたあの日まで、ラーナは普通の女の子だった。

母譲りの魔力はいくらか備わっているものの、あえて魔法を使おうとしなければ周囲に溶け込めていた。学校にも通っていたし、たくさんの友達もいた。

いつまでも若々しい母に比べ、父はずいぶん年上だと思われていたが、それくらいの年齢差の夫婦なら世間にいないこともない。

母とラーナはたびたび姉妹に間違えられて、

『この分じゃ、ラーナが私のお姉さんだと思われる日も近そうね』

と苦笑しつつも、リグレシアは娘の成長を喜んでくれていた。

長すぎる寿命など、人と交わって生きる分には厄介なだけ――というのが、リグレシアの主張だった。

愛した夫も、血を分けた子供も、いつかは自分より先に逝《い》ってしまう。

母の運命をラーナはかわいそうだと感じたけれど、それを頭でなく感覚で理解したのは、両親の死後、数年が過ぎてからだった。

「……初めて気づいたときは、まさかと思った」

ラーナは声を震わせ、膝を抱えた。

「背が伸びないのは、成長期が終わったからだって納得してたけど。顔が……数年たっても、ずっと変わらないなんて……」

両親が死んだのち、食堂を継いだラーナは毎日懸命に働いた。人を雇う余裕がなかったから、仕入れも調理も給仕も、すべてを一人きりでこなした。

常連客に両親の死を説明できなかったので、二人は遠い土地で新しい店を開いたということにした。

試行錯誤の末に父の味を再現し、店が軌道に乗り始めたときは本当に嬉しかった。

日々の仕事に精一杯で恋をする余裕もなかったけれど、周囲の人々の助けもあって、ようやく独り立ちできたと安堵していた。

あっという間に五年が過ぎて、ある日、仕入れ先の精肉店の主人に、

『ラーナちゃんはいつまでも変わらないな。お母さんも全然老けない人だったから、やっぱり親子なんだなぁ』

と言われるまでは。

(お母さんと一緒？　……私は半魔女《ハーフ・ウィッチ》で、歳をとる速度は普通の人と変わらないんじゃなかったの？)

不安に駆られたラーナは、その日から暇さえあれば鏡を覗き込んだ。

切れ長の目で美人と呼ばれた母に比べ、ラーナの瞳はぱっちりしたどんぐり眼《まなこ》で、頬の線も丸みを帯びている。

「可愛い」と言われることもあるが、それはもっぱら年輩の人々や同性の友人からで、女性として魅力的だというより、小動物のように愛くるしいという意味に違いない。

子供っぽいこの顔もそのうち母に似ていくはずだと、昔は楽天的に考えていた。

けれど今、改めて自分の姿を眺めれば、およそ変化というものが見られなかった。

つい先日二十二歳になったのに、面差《おもざ》しは十七歳のままの幼さを残している。

(きっと気のせいよ。歳をとらなくなるなんて、そんなことあるわけない……)

不安を抱えたまま様子を見ることにして、さらに二年が過ぎた。

その頃にはもう、自分の肉体がかつてとは違うものに変わってしまったのだと、受け入れざるを得なかった。

外見が老いないこともだが、より不可避な変化を突きつけられたのは、馬車の事故に巻き込まれたことがきっかけだ。

大量の酒樽《さかだる》を積んだ馬車が四辻《よつつじ》の角を曲がり損ね、重みに耐えかねた車軸が折れたのだ。重い酒樽が立て続けに落下した先には、ちょうど買い出し帰りのラーナがいた。

樽に直撃されたラーナの頭は陥没し、背骨までもが折れていた。

急いで病院に運ばれたが、誰も助かるとは信じていなかった。実際、一度は確かに呼吸も止まったのだ。

だが、その翌日。霊安室の扉が開き、

『おはようございます。……ところで、ここってどこですか?』

と首を傾げた少女に、医者たちは腰を抜かした。

幽霊でも見るような目を向けられ、恐々と体を調べられたが、凹《へこ》んだ頭も折れた骨も、何事もなかったように元に戻っていた。

我が身に起きた出来事を知り、ラーナは青ざめた。

医者たちのように、何が起こったかわからないからではなく、数年ごしの疑惑が決定的になったゆえに絶望したのだ。

——この体はもう、老いることも死ぬこともない。

心当たりがあるとしたら、たったひとつだ。

母による守護魔法と、リグレンヌの【終焉の息吹】。

両者の魔力がぶつかり合ってねじれた結果、自分は不老不死の肉体を得てしまった。母の言葉によれば、『予想しきれない副作用』だ。

「……やっぱり、死ねない体は嫌なのか?」

クルトが珍しく、気遣わしげに言った。

彼自身も魔力を持って生まれているので、ただの猫より長生きだが、それでも寿命自体には限りがある。

「普通に生きて、普通に死にたい。……それだけよ」

一度死んで生き返ったラーナの噂は、当時住んでいた町に瞬く間に広まった。

人々は気味悪がり、食堂はたちまち閑古鳥《かんこどり》が鳴いた。ラーナを化け物だと断罪する張り紙が貼られ、ガラス窓は石を投げられて割れた。

もはや、普通の人間のふりをして暮らしていくことは不可能だ。

悟ったラーナは、身ひとつで追われるように町を出た。

母から教わった知識があったのを幸い、人里離れた場所に隠遁し、薬師として生計を立てる道を選んだ。極端な話、飲まず食わずでも生きていけるのだろうが、お腹は減るし屋根のある場所で眠りたかったので、最低限のお金は必要だった。

そんな生活を百年以上続けた頃にウィルに出会い、そのさらに五年後にクルトを拾ったのだ。

「ウィルは私に恩があるって言うけど、私のほうこそ、人恋しさを埋めるためにあの子を利用してたのよ」

ラーナは抱えた膝に顎をのせ、苦い想いを吐露《とろ》した。

「ウィルも呪いを受けて成長が止まってたから。似たような事情を抱えた者同士なら、他に頼るあてもなくて一緒にいられる。いつか呪いを解くなんて言っておきながら、どこまで本気だったのか……――自分がずるくて嫌になる」

「どれだけ頑張ったところで、ラーナの力じゃ解呪はできなかっただろうし、そこは悩まなくていいと思うけど?」

自己嫌悪に沈むラーナに、クルトは素っ気なく言った。もしかするとそれが、彼なりの慰め方だったのかもしれない。

「それにしたって、灯台下暗しだよな。ラーナもウィルも、同じ魔女に呪いをかけられてたなんて。ウィルの奴が根性見せてとっととキスしてたら、場合によっちゃ、ラーナのほうの不老不死が解けてたのかも?」

「私はいいの」

ラーナは首を横に振った。

「片方の呪いしか解けないのなら、やっぱりウィルでいい。ウィルにはこれまで、たくさんの思い出をもらったから。あの子には普通に生きて幸せになってほしい。だからこそ、私なんかと一緒にいちゃいけないのよ」

おそらくウィルは、ラーナの容姿が変化しない件について、「半魔女《ハーフ・ウィッチ》だから老化の速度が遅いだけ」と理解している。自分が先に死ぬということも、当然わかっているだろう。

その上でウィルは、ラーナの恋人になりたいのだと言う。

彼の情熱や一途《いちず》さは嬉しいが、しょせんは若者の浅はかさだとも思ってしまう。

ラーナを伴侶にするのなら、ウィルには不自由な未来しか待っていない。たとえ町に下りても転居を繰り返すことになるだろうし、自分だけが老いていく恐れや不安もいずれ感じることになるはずだ。

母と共に生きることを選んだ父が、

『君は出会った頃のままなのに、僕だけが老けていくんだな』

と、悲しげに呟いていたように。

母も悩んだ上で父と結婚したのだろうが、ラーナはリグレシアのように、もともと長寿の魔女ではない。後天的に得てしまった不老不死を、いまだに受け入れられていない。

「長生きだがいつかは死ねる」と、「生きることに倦《う》んでも死ぬことを許されない」の重みは、やはり違うと思うのだ。

普段はあえて考えようにしているが、いざこういう局面に立たされると、望んでもいないのに与えられた体質を恨めしく思わずにはいられなかった。

「『いちゃいけない』とかじゃなく、ラーナ自身はどうなんだ?」

今日のクルトは、妙にしつこく絡んでくる。

「先のことはひとまず置いといて、呪いの解けたウィルをどう思う？　好きだって言われて、ぐらっときたりしないわけ？」

「それは……――くるよ！」

やけっぱちにラーナは認めた。

「それこそ灯台下暗しよ。ウィルの心がとっくに大人になってたことも、年齢に見た目が追いついたら、めちゃくちゃ好みだったってことも」

「ふぅん、ラーナの好みはああいうのか」

「あれが好みじゃない女子っているかな!?」

自分はさして面食いではないと思っていたが、美しいものを美しいと感じる審美眼は普通に持っている。今までに読んできたロマンス小説のヒーローたちは、きっとああいう顔立ちをしていたに違いない。

「それに……ウィルのいいところは、私が一番よく知ってるし」

外見の麗しさだけでなく、真面目で気が利《き》いて、骨身を惜しまず働く性分であることも、とっくに知り尽くしているのだ。

要するにラーナは、今のウィルに惹かれかけていた。

そうでなければ、いくら体に触れられても快感を覚えたりしない。自分はそこまで節操なしではないと思う。

問題はラーナが不老不死であることと、ずっと保護者と被保護者だった年月の分、新たな関係に踏み出すのにどうにも躊躇《ちゅうちょ》を覚えることだ。

「女子だってさ、図々しい。百四十歳にもなった、こじらせ高齢処女のくせして」

へっ、とクルトは鼻で笑った。

「どのみち図々しいなら、後先考えず好きなように生きればいいだろ。あんなぴちぴちした男の童貞食っちゃえるなんて貴重じゃん」

「なんでそういちいち下世話なの？」

ラーナは溜息をついて立ち上がった。

「もういい。さっさと水草取ってくる」

「オレは行かないぜ。濡れるの嫌いだもん」

ラーナは湖畔に繋がれていた小舟に乗り込み、係留の縄を解いた。

薬の材料になる水草は、湖の中央あたりに群生している。そこまでは自分で櫂《かい》を操り、漕《こ》いでいかなければいけない。

慣れた動きだし、湖面も穏やかに凪《な》いでいるし、なんの問題もないはずだった。

岸から離れてしばらくしたのち、お尻の下にじわりと冷たい感触を覚えるまでは。

(えっ……浸水!?)

ラーナは慌てふためいた。

舟の底板が腐っていたのか、ぱっと見には気づかないほどの亀裂が走り、そこからごぽごぽと水が入ってくる。

「ラーナ!?」

異変を察したクルトが水際まで走り寄ってきた。

振り返ったラーナは青い顔で叫んだ。

「どうしよう、私、泳げな――……っ!」

腰までが水に浸《つ》かり、焦って立ち上がった瞬間、均衡の崩れた舟がひっくり返った。

投げ出された体が水に沈み、視界が大量の泡に覆われて、上下の区別もわからなくなる。

とにかく浮上しなければと水を蹴った矢先、脳天にがんっ! と衝撃が走った。舟のどこかに頭をぶつけたのだとわかったときには、目の前がすでに暗くなっていた。

(あ、これ死ぬ……いや、死んでもそのうち生き返るんだけど……)

死なない体とはいえ、痛みも苦しさも軽減されることはない。

水が肺にまで浸入し、心臓が狂ったように暴れている。採取しにきたはずの水草が、湖の底に引きずり込まんとするように手足に絡んだ。

きぃん……という耳鳴りを破り、声が届いたのはそのときだ。

「──ラーナ！　待ってろ、今行く！」

重量のあるものが飛び込んできた衝撃に、水が揺れた。

無意識に伸ばした手を、誰かにしかと掴まれた──その感触が夢か現《うつつ》かもわからないまま、ラーナは気を失った。

◆◆◆

全身を包む水が、柔らかく肌を撫でていた。

まだ湖の中にいるのかと思うと同時に、何やら違和感を覚える。

（この水、なんだかあったかい……息もできるし、苦しくない……）

目を開けたラーナは、途切れた記憶の光景とは明らかに別の場所にいた。

タイル張りの床に、換気のための小さな窓。白い琺瑯《ほうろう》のバスタブに満たされたお湯が、肩のあたりでちゃぷちゃぷと揺れていた。

（……こ、ここって、うちのお風呂？）

先住者である画家のこだわりだったのか、この家には贅沢にも浴室が備わっている。

いちいち大量の湯を沸かす必要があるので、夏の間は行水で済ませることも多いが、寒い冬に体を温められるのはやはり嬉しい。

しかし、一体いつ風呂に入ったのだろう……と思った瞬間、耳のそばで声がした。

「気がついたか？」

「……っ、ウィル!?」

驚きのあまり体勢が崩れ、鼻までざぶんとお湯に浸かってしまう。

咳き込みながら振り返れば、ラーナを引き上げてくれるウィルがいた。その上半身が裸であることにぎょっとし、さらに気づいた事実にパニックになる。

湯に沈んだウィルの下半身も、ついでにいえばラーナ自身も、下着すら身につけていない生まれたままの姿だった。

「なんで服着てないの!?」

「普通、風呂には裸で入るものだろ？　俺もラーナも泥だらけだったし、あのままだと体が冷えて風邪をひくから」

その言葉に、気絶する寸前、誰かに手を摑まれたことを思い出した。

「……もしかして、溺れた私を助けてくれた？」

「ああ。たまたま通りがかったのが幸いだった」

ウィルの説明によれば、今日は町には行かず、しばらく手つかずだった畑の雑草抜きにいそしんでいたそうだ。

汗をかいたので水浴びをしようと湖に向かったところ、騒ぎの気配がして駆けつければ、クルトが必死に事情を訴えた。ラーナが湖に沈んだまま浮かんでこないと。

ウィルはすぐさま水に飛び込み、意識のないラーナを引き上げた。人工呼吸を施すと息を吹き返したので、急いで家まで運び、風呂を沸かして体を温めていたという次第だ。

「人工呼吸って、口と口での？」

「いまさらそんなことを気にするのか？　この間は、もっとすごいことだってしてたのに」

呆《あき》れたようにウィルは言い、ラーナのこめかみに唇を押し当てた。

硬直したラーナの髪を撫で、ウィルはしみじみと言った。

「息をしてないラーナを見たとき、こっちの心臓も止まるかと思った。——死なないでくれて、本当によかった」

「……ごめんなさい」

ラーナは殊勝《しゅしょう》に謝った。

心配をかけたことも申し訳ないが、

（そんなに焦らなくても、この体は死なないから、放っておけばそのうち生き返るのに……）

という、打ち明けられない事情を抱えていることも含めてだ。

「俺も悪かったんだ。舟底が傷《いた》んでるのは知ってたし、そろそろ修繕しようと思ってて……ちゃんと事前に伝えておけばよかった」

「ウィルのせいじゃないよ。今日は舟を出すって、私が言わなかったから」

いい加減なところの多いラーナだが、その日どこで何をするつもりかは、朝食時に話すようにしていた。

まだウィルが本当の子供だった頃、家に残しておくのが心配で、『寂しくなったら会いに来て』『夕方くらいには帰るから』と安心させるためだった。

そんな会話すら、最近ではなくなっていた。

一緒に食卓を囲みはするものの、向かい合った美貌に緊張して消化が悪くなるから、無言で料理を口に詰め、そそくさと席を立つ毎日だった。

「そうだな。最近のラーナは、俺を避けてたから」

核心をつかれてぎくりとする。

「俺がいきなりあんなことをしたのは悪かったけど、目も合わせてくれないのは正直傷つく」

「それは、だって……」

言いかけて、ラーナは口を噤《つぐ》んだ。

ちゃんと話をしようと向き直れば、互いに裸だということが改めて意識される。

ラーナの言葉を待ち受ける真剣な瞳。

水滴が伝うごつごつした喉仏。

性別の違いを否《いや》が応《おう》でも感じる広い胸。

見つめていると、勝手に奇妙な気分になる。

喉が渇いて、心臓が騒いで、首の後ろにじわじわと汗をかいて。

「『だって』──なんだ？」

「ウィ……ウィルが悪いんでしょ！」

責任転嫁丸出しで、ラーナは叫んでいた。

「黙ってても喋ってても、いちいち無駄にかっこいいから！　どうせ私なんて、こじらせ高齢処女だもん。こんな美形に免疫なんてないんだから……！」

ぶちまけてしまってから、はっと両手で口を覆う。

裸であることも忘れ、立ち上がって逃げようとすると、ウィルが腰に腕を回して引き留めた。

「や、離して……！」

「俺の見た目が好みだから、ラーナは緊張して目を合わせてくれなかったのか？」

「〜〜〜っ……」

肯定も否定もできずに呻いていると、ウィルは嬉しそうに表情を綻ばせた。

「もしかして、脈があると思っていいか？」

「ちょ……調子に乗らないで」

「こんなときに乗らないで、いつ乗るんだ」

浴槽内で立つラーナの下腹に、ウィルはちゅっとキスをした。

それだけで電流が走ったようになり、反射的に目を閉じる。

わずかな隙を逃《のが》さず、ウィルの手が乳房に伸ばされた。弾力のある膨らみを揉みしだかれ、自在に形を変えられる。

狙ってのことなのか違うのか、時折指が乳頭《にゅうとう》を挟み込めば、きゅぅんとした刺激が鳩尾《みぞおち》に抜けた。

「はぁっ……だめぇ……」

「抱きたいって言っても、まだ許してくれないだろう？」

上目遣いになったウィルが、切なそうに言った。

「せめて、ラーナだけでも気持ちよくさせたい。感じてるラーナの姿を覚えておいて、後で自分で抜くから」

「抜くって何を？　……ニンジン？」

畑で育てている野菜を思い出しながら呟くと、ウィルが堪えきれない様子で噴き出した。

「俺よりずっと年上でも、知らないことはあるんだな」

「馬鹿にしてるの？」

「違うって。――あとで教えるから」

ウィルの手が乳房を弾ませ、桃色の先端をくにくにと弄《もてあそ》ぶ。ぷくりと膨らんだそこから甘やかな痺れが伝播《でんぱ》して、次第に息が乱れだす。

（どうしよう……気持ちいい……）

元来、ラーナは欲望に忠実だ。

眠いときは寝たいだけ寝るし、食べたいものがあれば自分でこしらえ、お腹がいっぱいになるまで平らげる。睡眠欲も食欲も人より旺盛な自覚はあったが、三大欲求の最後のひとつについては、まともに考えてみたことがなかった。

誰かと恋をしたいという漠然とした望みはあったが、肉欲に直結するものではなかったし、長く生きている割にその手の知識は浅いほうだ。

なのに、こうしてウィルに触れられていると、あることすら知らなかった衝動がじりじりと芽吹いていく。

（もっと触ってほしい……ウィルの手、嘘みたいに気持ちいい……）

年上の威厳がとか、まだ付き合ってもいないのにとか、そんな理性も蕩《とろ》けていくほど、与えられる刺激は悩ましかった。

乳首を胸にめり込ませた指をぱっと離せば、そこは快感につんと上向き、さらなる愛撫《あいぶ》を乞うて色づく。期待に応《こた》えるように、ウィルは両の尖りをこりこりと執拗に擦りあげた。

「っ……はぁん……」

「『もっとして』って顔になってきた」

はしたない願望を見透かされ、かあっと耳まで赤くなる。

「ねだられてるみたいで嬉しい。ラーナの素直なところも、俺は大好きだから」

艶《つや》めく声で囁かれ、乳首を繰り返し弾かれる。じんじんと熱を持つそこが揺れるたび、ラーナはくぐもった声をあげた。

「っ、んっ……ぁぁあ……」

胸だけでなく、腰までもが切ない熱を帯び始めた。

下着を穿いていないので、溢れた潤みはそのまま内腿《うちもも》を汚す。隠すように両脚をすり合わせるが、すぐに気づかれてしまった。

「物足りない？　この前みたいにこっちも触るから、ここに座って」

「ん……いやぁ……」

口先ばかりの抵抗には、なんの意味もなかった。

浴槽の縁《ふち》にラーナを腰かけさせたウィルは、両脚の間に自身の体を挟み込む。湯の中で膝をついた彼の顔が、ちょうどラーナの股座《またぐら》を覗き込む位置だ。

羞恥とともに前回の出来事を思い出し、ラーナの声は上擦った。

「もしかして、また『あれ』をするの……？」

「ああ。ラーナが嫌じゃなければ」

ウィルの舌が差し向けられた先は、すでに愛液を吐いている蜜口だった。

甘酸っぱい匂いが、湯気とともにむわっと立ちのぼる。自分が発情していることを知らしめられて、いたたまれなくなってしまう。

「……んぁっ……！」

舌が入口をくじり、浅い場所をくちゅくちゅと掻き回した。

陰唇の間で出し入れされ、ぬるぬると動くウィルの舌は、独立した意思を持つ小さな生き物のようだ。

「こんなに濡らして……もしかして、ひと月も待たなくてよかったのか?」

「ん……っ、ぁんんっ……」

「ラーナに嫌われたくないから自重してたけど、そんな必要もなかったってことか」

違うと否定できないほど、ウィルに舐められるそこは、蜜をしとどに零していた。

内部に潜る舌が媚壁《びへき》をぐりぐりと刺激すれば、甲高い嬌声をあげてしまう。ラーナの両手はウィルの頭を抱え込み、湿った黒髪を掻き乱した。

「そんなにしがみつかなくても、俺はここにいるから」

ちゅぷっ——と舌を抜いたウィルが、嬉しそうに言った。

はぁはぁと息をつくラーナを見上げ、淡く生えた恥毛《ちもう》を掻き分ける。

「こっちも赤くして、こりこりに膨らませて……——可愛いな」

「ひゃぁうっ……!?」

ウィルの舌がしこった肉芽をつつき、包皮を柔らかく押し上げた。

敏感な器官を上下左右に嬲《なぶ》られ、ラーナは腰をびくびくさせて感じ入ることしかできない。

「ふぁっ、んっ……ああん、やぁっ……!」

「やっぱり、ここが一番感じるのか?」

喘ぎっぱなしで答えられないが、露骨な体の反応がそのとおりだと告げていた。

磨くほど艶を増す宝石でも扱うように、ウィルは己の舌で、剥《む》き出しの秘玉《ひぎょく》を丹念に舐め続けた。そうしながら蜜壺に指を挿入し、温かな泥濘《ぬかるみ》をぬちゅぬちゅと掻き回してくる。

「それ、だめ……だめっ……ぁあああーっ……！」

蜜洞《みつほら》がきゅんきゅんとうねり、下半身がよじれて、浴槽の縁から滑り落ちそうになる。

片腕でラーナの腰を支えたウィルが、楽しそうに口角を吊り上げた。

「この前より、ずっといやらしい顔してる」

「っふ、あ……ああ……」

「あのときも、指二本までは大丈夫だったな？」

「んぅっ……！」

蜜口に新たな指を押し入れられて、圧迫感がぐっと増す。

それでいて、痛みは少しも感じない。待ちわびていたかのようにぎゅうぎゅうと締めつける膣の中で、ウィルは遠慮なく指を動かし始めた。

「ひぁ、あ……ふぁ、ああぅっ……！」

ぶちゅん、ぐちゅんっ、と卑猥《ひわい》な音が鳴り、自身の蜜が内腿に跳ね返った。

膨張しきった花芽《はなめ》もぢゅうぢゅうと吸い立てられて、あまりの快感に視界が霞《かす》む。触れられていない乳首までが愉悦に満たされて、じくじくと疼いている。

「ウィル、ウィルっ……もうだめ、わたし……」

「達《い》くんだろ。いいよ」

優しげな口調とは裏腹に、攻め立てる指と舌は容赦がなかった。

ぬめる舌が陰核に絡む喜悦と、体内を捏《こ》ね回《まわ》されるぞくぞくした感覚がひとつになり、ラーナを高みへと押し上げた。

「ん、んんっ……う――ぁあああっ……!」

視界がちかちかと瞬《またた》き、二本の指を咥え込んだ肉洞《にくほら》が大きくうねる。

絶頂の大波にさらされ、息も絶え絶えになっているラーナを、ウィルは熱に浮かされたような目で見つめた。

「――駄目だ」

押し殺した声で彼は呟く。

「後で抜くつもりだったけど、我慢できない。こんなに可愛いところを見せられたら……っ」

水面を波打たせ、ウィルはおもむろに立ち上がった。

途端、視界に飛び込んできた腰のものに、ラーナは瞳を見開いた。

さっきからちらちらと意識しつつも、ウィルの下半身は湯に浸かっていたので、凝視するまでには至らなかった。

けれど、こうも堂々と目の前に立たれてしまっては。

「お、大きすぎない？　いつの間にそんなに育ったの……？」

ウィルと暮らし始めて間もない頃、家族ができたと浮かれたラーナはあれこれと彼の世話を焼き、何度か一緒に入浴しようとしたことがあった。そのたび必死で拒まれたが、ちらっと覗《のぞ》き見た「その部分」は、今のような形状をしていなかったはずだ。

色はこんなに浅黒くなかったし、長さも太さも桁違いだし、そもそも重力に逆らって上を向いていたりしなかった。

「……一応、大人だから」

まじまじと見つめられてさすがに照れ臭かったのか、ウィルが咳払《せきばら》いした。

ラーナの腰を抱いて一旦立たせると、

「後ろを向いて」

と、浴槽の縁に両手をつかせる姿勢にさせる。

そのまま背後から体を重ねられ、ラーナは身をすくめた。

「な……何するの？」

「約束どおり、無理に抱いたりしない。――ただ」

お尻に当たる硬いものをウィルは自ら押し下げて、ラーナの脚の隙間に挟んだ。

「擦るだけ。それだけなら許してくれるか?」

許すも何も、こんなふうにされる目的がわからない。

戸惑ううちに、ウィルが前後に腰を揺らし始め、ラーナは息を詰めた。

達したばかりの敏感な花芽に、えらの張った雁首が擦れている。厚みを増して腫れぼったくなった陰唇が、青筋の浮いた肉茎を包むように抱きしめていた。

「っ……たっぷり濡れてるから、よく滑って……気持ちよすぎる……」

「ああっ……や、待って……!」

溢れた潤みが男根ににゅるにゅると纏わりつき、動きを滑らかにさせる。

挿入こそしていないが、互いの性器を密着させて擦り合う淫らな遊びに、一度は満たされたはずの体が再び火照《ほて》ってきた。

「こうして見ると、ラーナのあそこから俺のが生えてるみたいだな」

言われて視線を下に向ければ、ウィルの言うとおりだった。町で買う大ぶりのソーセージよりも、ずっと太くて長い肉塊が、自分の股間から伸びているように見える。

倒錯的な光景に、くらくらと眩暈《めまい》がした。ウィルが腰を前後させるたび、にちゃにちゃと粘ついた音が立ち、陰部が燃えるように熱くなっていく。

「ウィル……これ、恥ずかし……ぁああんっ……」

「恥ずかしいだけか？　気持ちよくない？」

「っ……いい、けど……」

「ならよかった。――俺も、ラーナと一緒に気持ちよくなりたい」

安心したように言ったウィルが、ラーナの耳朶《じだ》を甘噛みした。耳の孔《あな》にまで舌が入り込み、くちくちと抜き差しされる感覚に膝の力が向けてしまう。

「ぁぁあっ……！」

がくんと落ちたラーナの腰を、ウィルは後ろから引き上げて、なおも互いの性器を擦り立てる淫戯《いんぎ》に没頭した。さらにはその手が遡り、弾む乳房をむぎゅっと捉える。

「んぁ……、胸まで……っ」

「ラーナの乳首、ずっと硬いままだな」

「やっ！　摘んじゃ、やぁ……！」

しこり勃《た》った蕾《つぼみ》を押し潰される快感に、ラーナの腰が我知らず揺れる。ねだるように花芯を亀頭に押しつけていることに、本人だけが気づいていない。

「そんなにいいのか？　自分からぐいぐい擦りつけてきて」

揶揄《やゆ》するように指摘する声も、もはや耳には届かなかった。

甘美な摩擦に頭がじんじんと痺れる一方で、言葉にできない飢餓感も覚える。

花唇《かしん》を割った奥の奥、さっきまでウィルの指を挿《い》れられていた場所が、埋めてくれるものを欲して疼いていた。

（ウィルのこれが、もし中に入ってきたら——……）

朦朧と考え、それはもう立派に性交ではないかと、一瞬だけ我に返った。

ウィルの想いを受け入れる覚悟もないのに、体の繋がりを望むなんて、自分はいつの間にそんな女になってしまったのだろう。

（本当は、こんなことだってしちゃいけないのに……）

『無理には抱かない』と言ったウィルを信じて甘え、快感に身を委《ゆだ》ねてしまっている。

一線を越えることを我慢している彼のほうは、苦しくはないのだろうか。

「ねぇ、ウィル……」

ラーナは振り返り、小声で尋ねた。

「こうして擦ってるだけなの、つらくない？　……本当は、私を抱きたいって思ってる？」

「当たり前だ。好きな女を抱きたいと思わない男なんているか？」

「……ごめんね」

「いいから。俺に悪いなんて考えるな」

眉尻を下げたラーナに、ウィルは苦笑を浮かべた。

「嫌がられてないだけで充分だ。我儘を言うなら、キスしていいか？」

「……うん」

唇同士を重ね、どちらからともなく舌を絡め合う。興奮のせいか唾液の分泌が激しくて、混ざり合ったそれを、ラーナは少しの抵抗もなく飲み下した。

「んぁ……はぅ……」

口腔《こうこう》をくまなくなぞられて、頭蓋《ずがい》の裏までが甘く痺れた。互いの内側を暴き合う深いキスを、ラーナは素直に好きだと思った。

——できることなら毎日でも、この人と唇を交わしたい。

——そう思える相手なんて、この先、他に現われる気がしない。

「ふぁ……っ」

口蓋《こうがい》から歯列の裏までを愛撫していた舌が、ちゅっと音を立てて離れていく。

寂しくて物足りない気持ちが、ラーナにふと思い切ったことを言わせた。

「私もウィルに何かしたい」

「え？」

「その……最後までは、まだ無理なんだけど……」

今の精一杯の気持ちを伝えたくて、ラーナは言った。

「ウィルをもっと気持ちよくさせてあげたいの。どうすればいい？」

「ラーナから……俺に？」

予想もしていない申し出だったのか、ウィルは目を丸くして押し黙った。

数瞬の間に、何やらいかがわしい妄想が頭を駆け巡ったようで、「いや、それはまだ早い……」だの、「絶対に引かれる……」だのと、ぶつぶつと呟いている。

やがて方針が決まったのか、ウィルはラーナの手を取って自身の剛直に添えさせた。

「さっきみたいに俺が動くから、ラーナはこうして押さえててほしい」

「それだけでいいの？」

「ああ。こんなふうに、ぎゅっと押しつける感じで……ついでに、このあたりを触ってくれると俺も気持ちいいから」

下から支えたウィルの分身は、竈《かまど》で炙ったパンのように熱かった。

竿《さお》部分には強靭《きょうじん》な芯が通っているのに、触ってくれと言われた先端には適度な弾力があって、興味本位にむにむにと揉《も》み込《こ》んでしまう。

「っ、……く……」

項《うなじ》に押し殺した息がかかって、ラーナはびっくりした。

「ごめん、痛かった？」

「違う。いいから、続けて――」

呻くように囁いたウィルの腰が、再び動き出す。

ラーナの掌《てのひら》と恥肉《ちにく》に挟まれた空間を、熱い雄芯がずりゅずりゅと忙《せわ》しなく出入りした。

「は……っ……はぁ、……ふっ……」

だんだんと獣じみていく吐息で、ウィルの興奮が伝わる。

気遣う余裕も薄れたのか、乳房を激しく揉み立てられて、秘裂がまたどぷりと蜜を吐いた。

「――ぁ、ああ、そんなっ、やぁん……！」

剛直が愛液と先走りをぐちゃぐちゃに混ぜ合わせ、その先端は時折、ラーナの窪みを浅く突く。わずかとはいえ、入口を割られる感覚に総毛立ち、ラーナは身を反らして喘いだ。

「そこ、挿《い》れないって言った……ぁああんっ……！」

「挿れてない。俺の先っぽで、ラーナのあそこにキスしてるだけだ」

「んっ、ぁあ……でもっ……押しつけないでぇ……」

「ラーナのほうから、俺のに吸いついてきてるんだろ？」

言われてみれば、そうなのかもしれないと思えてくる。

普段は慎《つつ》ましく閉じている陰唇は、開花の時を迎えたようにふっくらと広がり、ウィルの雁首を包み込んでいた。

粘膜に覆われた亀頭がぬちぬち動き、蜜孔《みつあな》を半端に抉《えぐ》られる刺激に、途方もない飢餓感が増していく。

（奥がむずむずする……こんなにもどかしいなら、いっそ——）

最後までは無理だと言ったばかりの口から、はしたない懇願が零れそうで、ラーナは唇を噛んだ。せめてもの反撃に男根を扱《しご》けば、表面に蔓延《はびこ》る血管が一気に膨張した。

「う……ぁ、ラーナ……っ」

抽挿が振り切れたように速くなり、入口をつぷつぷと突かれる刺激に、ラーナは目を閉じて成り行きに身を任せた。

視界が遮断されると、身の裡《うち》で膨らむ喜悦をより明確に感じてしまう。ウィルの亀頭を食《は》んだ場所が、はくはくと浅ましく開閉し、より深い場所へ導こうとしている。

「……んっ、あぅっ……！」

項《うなじ》に唐突な痛みが走った。

雄の獣が交尾中にするように、ウィルが首に歯を立てたのだ。

胸に回された手はなおも蠢《うごめ》き、乳首を根本から絞り立てている。二度目の絶頂が近づいてくるのが、下腹のうねりでわかった。

「やぁぁ、ウィル……私、ぁああっ……」

とき。

「い、いく……私、またいくぅ……っ！」

恥ずかしいと思う余裕もなく、ラーナは声をあげ、快感を追って腰を揺らした。

じれったさが限界に達して、くぽくぽと音を立てる秘口が、亀頭をぬるっと呑み込みかけた
「──達く？」


「駄目だ……っ……く──……！」

ウィルが腰を引き、ぶるんと反り返った肉棒がラーナの臀部《でんぶ》を叩いた。

直後、びしゃっと爆《は》ぜた熱いものが、背中にも腰にも降り注ぐ。

ウィルが吐精したのだと理解した瞬間、欲しいものを与えられなかった子宮が身を引き絞り、幻のそれを啜り尽くすように、切なく収縮して極みを迎えた。

「……間に合った」

ぎりぎりで中に出すことを堪えたウィルが、魂の抜けたような声で呟いた。

「あんなに動かれたら、約束を守れなくなるだろ……──すごく気持ちよかったけど」

「ウィル……っ」

ラーナは体を反転させ、ウィルに正面から抱きついた。

目尻からわけもなく涙が溢れ、ウィルが慌てたようにその頬を拭《ぬぐ》った。

「やっぱり嫌だったのか?」

「……違うの。ごめん……ごめんね……」

自分でも何が違うのか説明できず、情緒がぐちゃぐちゃだった。それでも繰り返し謝るうちに、涙の理由がおぼろげにわかりかけてくる。

自分がどうしようもない臆病者だからだ。

抱かれたいと本能的に思うほど、ウィルのことが好きなのに。それはもう誤魔化せないのに。

手に入れたのちに失う未来を恐れて、最後の一歩を踏み出せない——そんな優柔不断な自分に、ウィルはどこまで優しいのだろう。

「こっちこそごめん……俺が調子に乗ったから」

意味のある言葉を紡げず、しゃくりあげるばかりのラーナを、ウィルはそっと引き寄せて、遠慮がちに抱きしめた。

（4）媚薬がもたらす夜の森の交歓

その日のラーナは、またもミナスの町を訪れていた。

例によって得意先を巡り、薬を売るための行商だ。

「こんにちは、ガレオンさん。――ガレオンさん？」

真鍮《しんちゅう》のノッカーを鳴らしても応《いら》えが返らず、ラーナは首を傾げた。

特に訪問の約束はしていないが、午後のこの時間帯に彼が不在だったことはない。庭の手入れでもしているのかと考えていると、遅れて足音が聞こえた。

覗き穴からこちらを眺める気配があって、ようやく扉が開く。

相変わらずしかつめらしい顔の老人に、ラーナは愛想よく言った。

「ごめんなさい、お取り込み中でした？　忙しいなら、今日はお薬だけ渡して失礼します」

「いや、構わん。入ってくれ」

今日のガレオンは珍しく、ラフな服装をしていた。

普段は仕立ての良い上着にループタイという格好なのに、今は綿麻のシャツの袖を肘までめくり、襟元のボタンもふたつばかり開いている。そこから覗ける腕や胸は意外にもがっちりとたくましく、年齢を感じさせなかった。

(もしかして、前のお仕事は力仕事系だったり?)

想像を巡らせるが、ガレオンが余計なことを話さない性分なのはわかっている。

何食わぬ顔で家に上がったラーナは、台所とひと続きになった居間で目を瞬《しばた》かせた。

「お客様だったんですか?」

今しがたまで誰かがそこにいたことを示すように、テーブルの上にはカップがふたつ置かれていたのだ。

「もう帰った。あんたが気にすることじゃない」

ガレオンは手早くカップを片づけ、新たな湯を沸かし始めた。今日もラーナにお茶を振る舞ってくれるつもりのようだ。

(なんだか意外。私の他に、ガレオンさんを訪ねてくる人がいたなんて)

薬屋の女店主によれば、この町でガレオンが親しくしている相手はいないと聞く。巌《いわお》のような風貌を怖がって、子供たちもこの家の周辺には近づこうとしないらしい。

とはいえ、周りが言うほど偏屈な人物だとラーナは思っていない。

「待たせたな」

戻ってきたガレオンが向かいの椅子に座り、茶葉を蒸らしたポットから、湯気の立つ琥珀色《こはくいろ》の液体を注いだ。その動作は慣れており、洗練されているといってもいいくらいだ。

「いただきます。今日のお茶もすごくいい匂いですね」

ラーナが手にしたカップは、男性の一人暮らしには似つかわしくない、青薔薇と小鳥の模様が焼きつけられたものだった。

初めて訪ねたときはシンプルな無地のものだったが、二度目に来たときにはすでにこのカップだった。本人に確かめても認めないだろうが、自分のために用意してくれたのだとひそかに思っている。

（こういうところがいい人なのよね。……ウィルの昔の知り合いだとして、悪い関係じゃなかったと思いたいんだけど）

まだ子供の姿だったウィルを連れてきた前回、ガレオンはひどく驚いていた。

『あの子は、本当にあんたの弟なのか？　名前はなんというんだ？』

『ウィル……ですけど』

『なんだと――』

絶句した彼は、明らかに思い当たることがありそうなのに、

『いや、そんなはずはない。……他人の空似に違いない』

と、己に言い聞かせるように呟いたのだ。

(できれば今日は、あのときの話を掘り下げたいけど。王子様だった頃のウィルを知ってるなら、ガレオンさんも王宮に出入りしてたのかな?)

詮索したい気持ちをひとまず引っ込め、ラーナは紅茶を啜り、茶菓子にも手を伸ばした。

「ん、美味しい! このショートブレッドともすごく合う……!」

淡い焼き色のショートブレッドは軽く齧《かじ》るだけでほろほろ崩れ、濃厚なバターの香りが鼻に抜ける。爽やかな渋みの際立つ紅茶との相性は抜群で、食べて、飲んで、食べて、飲んで……と永久に止まらなくなってしまいそうだ。

「飲み食いするとき、あんたは実にいい顔をするな」

微笑ましがっているのか、呆れているのか、どちらともつかない口調でガレオンは言う。

それでいて、戸棚から封を切っていない菓子包みを取り出し、「持って帰れ」と押しつけるのは、完全なる祖父しぐさだ。

「いいんですか? ありがとうございます」

ちゃっかり受け取ったラーナに、ガレオンは独り言のように呟いた。

「この先、菓子や酒のような嗜好品《しこうひん》は、手に入りにくくなるかもしれんからな」

「……どういうことですか？」

深刻そうな空気を感じ、ラーナは真顔になった。

ガレオンの面《おもて》に逡巡がよぎったが、ラーナが見つめ続けると、息をついて口を開いた。

「病床の国王陛下が、いよいよ危ういとの噂が広がっていてな」

ウィルの父親のことだ――とラーナは姿勢を正した。

「身罷《みまか》られるとしたら、その前後に暴動《クーデター》が起きるという噂がある。すでにレジスタンス集団が結成されて、武器と人が集まり始めているらしい。形ばかりとはいえ、サミア妃を抑える陛下がいなくなれば、カルナードはいよいよあの悪女の天下だろう」

「暴動……」

ラーナの呼吸は浅くなり、汗ばむ拳を固めた。

サミア妃とは、すなわちリグレンヌのこと。

両親の命を奪ったばかりか、ウィルに呪いをかけて城から追いやった張本人だ。

彼女が王妃になって以来、国王を差し置いて権力を恣《ほしいまま》にする様子に、民衆の不満は燻《くすぶ》っていた。

課される税は上がる一方で、貴族も土地の一部や所領の自治権を奪われた。見目麗しい若者は妻子がいようと王妃の閨《ねや》に侍《はべ》らされ、心を壊した者も後を絶たない。

表立って逆らえば縛り首にされるだの、王妃の飼っている獅子《しし》の餌にされるだの、噂に留まらない残酷な制裁が加えられた。

抗議運動は何度も起きたが、すべて大事《おおごと》になる前に軍隊が鎮圧してきた。

だが——とガレオンは続けた。

「次の暴動は、軍の一部と結託して極秘裏に進められているらしい。十年に亘《わた》る圧政を敷いたサミア妃を、今度こそ確実に討つために」

「無理だと思います」

ラーナは思わず言っていた。

人々の志《こころざし》を砕くようなことは告げたくないが、リグレンヌは魔女だ。それも相当に強い力の持ち主で、人の命など塵芥《ちりあくた》同然にしか思っていない。

軍の協力を得られたところで、リグレンヌが本気になれば、レジスタンスたちは跡形もなく壊滅させられてしまうだろう。

「ずいぶんと悲観的だな。あんたはこのままでいいと思うのか？」

問いかけられて、ラーナは言葉に詰まった。

母の妹である以上、リグレンヌは身内といえば身内だ。

自分にも彼女を止める責任があるのかもしれないが、両親の死に様を思い出せば、どうしたって怯《ひる》んでしまう。

「まぁいい」

黙り込んだラーナに嘆息し、ガレオンはポットに手を伸ばした。

「きな臭い事態に巻き込まれたくないのなら、しばらくは町に出てこないほうがいいだろうな。紅茶のおかわりはどうだね？」

「いえ、もう結構です」

日和見《ひよりみ》な自分が情けなく、ラーナは辞去の意を告げて、鞄から薬包《やくほう》の束を取り出した。ガレオンのために煎《せん》じた睡眠薬だ。

「お薬を渡しておきますね。これでひと月分ですけど、足りますか？」

「ああ。ついでに、膏薬《こうやく》が余っていたらもらいたいんだが」

「ありますよ。腰でも傷《いた》めたんですか？」

「いや。ちょっとした筋肉痛でな」

「筋肉痛？」

「久しぶりに重いものを持ったら、腕の筋を違えた。年寄りの冷や水だ」

ガレオンは口の端をぎこちなく綻ばせた。

照れたような彼の笑みを、ラーナは初めて見た。

◆◆◆

「えっと、この道を右……よね」

ガレオンの家を辞したのち、ラーナは紙に書かれた住所を頼りに、迷路のような裏通りを歩いていた。

ひと月前に、薬屋の女店主から「惚れ薬を作れるか」と訊かれた。どこぞの放蕩《ほうとう》息子が、金は出すから作れる人間を紹介してくれと、店主に迫った例の件だ。

ラーナはその依頼を引き受け、調合を終えた薬を届けにいく次第である。

(惚れ薬っていうか、実際は催淫剤だけど。恋人といちゃいちゃするときに使うのかな？　ベッドの中で……裸でいちゃいちゃ……)

具体的に想像し、ラーナの頬は火照《ほて》った。

(……やだもう。なんでいちいち、ウィルのことを思い出すの)

男女の睦《むつ》み合《あ》いなど、これまでは薄靄《うすもや》を隔てたようにぼんやりとしか思い描けなかった。

が、つい数日前に浴室であんなことやこんなことをした身の上だと、解析度が段違いだ。

煩悩を打ち払うように頭を振ったところで、背後に気配を感じて振り返る。

(気のせい？　誰かいたような気がしたんだけど……)

左右を塀に挟まれた狭い道には、前にも後ろにも誰もいない。人が隠れられるとしたら、酒場の裏口に積まれた木製の空樽だけだ。

と、樽の陰からドブネズミがちょろりと這《は》い出してきた。いつもここらで残飯を漁《あさ》っているのか、ふてぶてしいほどに太っている。

「なんだ、あんただったの」

ラーナは肩の力を抜いた。

「びっくりさせられたお返しに、尻尾の先だけ切ってもいい？　乾燥させて、他の薬草と混ぜて燻《いぶ》すと、いい害虫避けになるんだけど」

使い魔以外の動物は言葉を理解しないが、ニュアンスは通じたのだろう。キュキュッ！　と震えあがって、ネズミは一目散に逃げていった。

半ば冗談、半ば本気だったラーナは、首をすくめて再び歩き出した。

すでに日は傾きかけて、足元に落ちる影の色を濃くしている。最終の乗合馬車に間に合うよう、少し急がなければならない。

目的のアパートに到着したのは、それからほんの五分ほどだった。

「ホルム通りの四の五十の二〇三……ここね」

見上げた建物は古ぼけた二階建てで、お世辞にも快適な住まいには見えなかった。

薬屋の店主曰《いわ》く、実家の商いすら手伝わない放蕩息子は、

「せめて一人暮らしでもして性根を鍛えろ」

と言い渡され、借家住まいをしているそうだ。どうせその生活費も親がかりなのだろうが。

ラーナは軋《きし》む外階段を登り、二〇三号室の戸をノックした。

しばらく待つと扉が開き、起き抜けなのか、どす黒くむくんだ青年の顔が覗いた。

「こんにちは。頼まれていた薬をお届けに……――って、あっ⁉」

見覚えのある風貌に、ラーナは後ずさった。

ぼさぼさの赤毛に、頬や顎に散ったニキビ痕。

この間、ラーナを路地裏に連れ込んで、不埒《ふらち》な行為に及びかけた男だ。

「……ああ？　この前のお嬢ちゃんじゃないか」

相手も同時に思い出したらしい。にやりと笑われて、背筋に怖気《おぞけ》が走った。

逃げようとしたがひと足遅く、腕を摑まれて室内に引きずり込まれてしまう。扉が閉まり、内鍵を施錠する音が絶望的に耳に響いた。

脱ぎ捨てた服や食べ残しの皿が放置された部屋は、饐《す》えた匂いがした。カーテンも閉めっぱなしで、隙間から細く差し込む光に無数の埃が浮遊している。

「いや、離してっ……!」

揉《も》み合っているうちに足が滑り、ラーナは玄関口で転んだ。すかさず青年がのしかかってきて、汗ばんだ体臭に息を詰める。

「この間はよくもやってくれたよな」

青年は被害者ぶって、ラーナに噛まれた耳を摘んだ。

「あのときのガキは一緒じゃないのか？　大事なとこを蹴られたお返しをしてやりたいんだが？」

「そっちこそ、ウィルに怪我をさせたじゃない！」

震える声を励まし、ラーナは叫んだ。大きな声を出せば、隣人が気づいて様子を見にきてくれるかもしれない。

「あのあと、ウィルは熱を出して大変だったんだから！　あんたが先にひどいことしたんだから、自業自得でしょ！」

「うるせぇ、騒ぐな！」

青年が目を据わらせ、落ちていた酒瓶を摑んだ。床を殴って叩《たた》き割《わ》ると、ぎざぎざに尖った切っ先をラーナの喉元に突きつけた。

「それ以上喚《わめ》くと、二度と声を出せなくしてやるからな。——まずは注文した薬を出せよ」

嫌だ、と言いたかった。

こんな奴に媚薬を渡すなんて、危険極まりない。恋人同士の戯れに使用するなら可愛いものだが、同意のない女性相手に悪用するに決まっている。

「早く出せ。喉じゃなく、お前の顔をずたずたにしてやってもいいんだぞ」

「っ……」

ラーナは仕方なく、鞄から薬を取り出した。

それは薄紙に包まれた丸薬で、見た目は苺《いちご》味のキャンディにそっくりだった。依頼された個数に従い、同じものが三粒ある。

青年が疑わしげに目を眇《すが》め、薄紙を剥《は》いで匂いを嗅いだ。

「ただの飴じゃねぇのか？　なんか甘い匂いもするし」

「あえてそう作ってあるの。見た目が怪しくてまずい味だったら、誰も口にしようと思わないでしょ」

吐き捨てるようにラーナは言った。

「ひとつ百で、合計三百リールよ。貴重な材料使ってるし、びた一文まけないからね」

「この状況でえらく強気だな。約束どおり金は払うけどよ……」

そこまで言った青年が、卑しい笑みを浮かべた。

「ただし、これが本物の媚薬だってことを証明できてからだ」

「……は？」

「品物の質を確かめるのは、商売の基本だろ。うちは商家だからな。そのへんはなぁなぁにできねぇんだ」

家の仕事を手伝わないせいで、こんな場所に追いやられたくせによく言う。

まさか――と感じた嫌な予感は、すぐに現実となった。

「まずはお前が飲んでみせろ。それで効果が本当だったら、金を払ってやる」

「ば……馬鹿じゃないの？　嫌よ！」

「いいから飲めって言ってんだよ！」

ただの脅しではないと告げるように、割れた酒瓶が皮膚を突いた。

少しでも身じろぎすれば血が流れそうで、ラーナは嫌々ながら口を開けた。

「そうだ。いい子じゃねぇか」

ほくそ笑む青年の手で、口の中に丸薬を押し込められる。

苦労して調合した甲斐《かい》あって、味はやはりキャンディそのものだった。口内の熱で溶けた薬は粘膜からたちまち吸収され、全身の神経に作用する。

（……なるほどね……こんな感じなんだ……）

かすむ視界の中、ラーナは屈辱とともに理解した。

薬の作り手でありながら、その効能を我が身で試してみたことはなかった。

下腹部が火をくべられたように熱くなり、脚の付け根で秘口《ひこう》がひくつく。服の裏地に擦れる乳首が、痛いほどに実り勃《た》つ。

目元を上気させ、息を乱し始めたラーナに、青年が舌なめずりした。

「すげぇな、そんなに簡単に効くのかよ。もう下のほうもぐしょ濡れなのか？」

ラーナの膝を割り、股間を覗き込もうとして、青年は酒瓶を手放した。

抵抗するなら今なのに、まったく力が入らない。骨を抜かれた海月《くらげ》のように関節がぐにゃぐにゃして、腕を持ちあげることも叶わなかった。

「ははっ、下着の色が変わってんぞ」

楽しそうに笑われて、悔しさに息が止まりそうだった。

あそこが熱くなるのも濡れるのも、単に薬による反応だ。自分が淫乱なわけじゃないと言い聞かせても、このままでは貞操を奪われてしまう。

「漏らしたみたいで気持ち悪いだろ。すぐ脱がしてやるからな」

なすすべもなく下着を引き剥がされ、潤んだ場所が外気に触れた。

青年がごそごそとズボンを下ろし始め、ラーナは唇を噛んで顔を背《そむ》けた。

（こんな奴に好きにされるくらいなら、もっと早くに――……）

脳裏に浮かんだ相手を想い、涙が零れそうになったとき、ガンッ！　と大きな音が部屋を揺らした。

「なっ、なんだ!?」

青年が慌てて尻もちをついた。

横たわっているせいで、ラーナも音の出どころが一瞬わからなかった。

玄関扉が外から蹴られているのだと理解した直後、蝶番《ちょうつがい》が弾け飛ぶように壊れて、内側に倒れ込んできた。


「ラーナ、無事か!?」


扉を蹴破った人物に、ラーナは息を呑んだ。

「ウィル……っ……」

以前と同じように、間一髪のところでウィルが助けにきてくれた。

違うのは、今の彼はもう無力な子供ではないということ。

萎《しぼ》んだ性器を晒して青ざめる男を、ウィルは汚物を眺めるように見下ろした。

その後に起こったことを、ラーナは明確に見ていたわけではない。

ぐったりした体を持て余しているうちに、視界の外で、青年に馬乗りになったウィルが拳を振り下ろす気配だけがわかった。

骨と肉のぶつかる音が、何度も繰り返し弾ける。男の悲鳴は最初こそ鮮明だったが、次第に泡を吐くような音が混じり、途切れ途切れになっていった。

「も、いい……ウィル、いいから……！」

このままではウィルが人殺しになってしまう。

ぞっとして叫ぶと、ウィルはしぶしぶといった様子で立ち上がった。無造作に垂らした右手には、赤い血がべったりとこびりついていた。

いまだに激情がおさまらないのか、ウィルは肩で荒い息をしている。

険しい横顔を見上げるうちに、ラーナはふとひらめいて尋ねた。

「……もしかして、私を尾《つ》けてた？」

さっき、路地裏で妙な気配を感じた。

ネズミだと思っていたが、あのとき後ろにいたのは――樽の陰に身を潜めていたのは、ウィルだったのではないか。

「そうだ」

日雇いの仕事に来ていたのだとウィルは言った。

仕事帰りに偶然ラーナを見かけ、声をかけようと思ったが、まだ寄るところがあるようだったので、終わるまで待つことにしたのだと。

「どこに行くのかと思ったら、どんどん人気《ひとけ》のないほうに歩いていくから。この間のこともあるし、念のためについていったら案の定だ」

しばらく様子を窺《うかが》ううち、部屋の中で争う気配がしたので扉を破ったという経緯らしい。

強姦魔《ごうかんま》の家をのこのこと訪ねたラーナは、飛んで火に入る夏の虫だと思われているのかもしれなかった。

「違うの、こいつの家だって知ってて来たわけじゃ……」

「話は後だ」

いまだに身動きできないラーナを、ウィルは横抱きにした。こんな場所には一刻もいたくないとばかりに、壊れた扉を踏みつけて外に出る。

階段を下りていくウィルに、ラーナは弱々しく訴えた。

「やだ、こんな恥ずかしい……下ろして……」

「腰が抜けて立てないんだろう?」

どうやらウィルは、ラーナが媚薬を無理矢理飲まされたことまでは知らないようだ。

「でも、目立つし……」

「それを言うなら、ラーナにおんぶされた俺のほうが恥ずかしかった」

表通りに出て、思ったとおり人々の注目に晒されたラーナは、赤らんだ顔をウィルの胸に押しつけた。

羞恥もあるが、それだけではなくて。

(どうしよう……体の熱が、ちっとも引かない――……)

自分ではどうにもできない疼きが、背中や内腿をちりちりと這う。

ウィルの体温を感じているといっそう症状がひどくなって、どうか気づかないでくれと祈りながら、身を委《ゆだ》ねるしかなかった。

◆◆◆

最終の馬車の便にはぎりぎりで間に合った。

他の客とも乗り合わせ、座席に座って揺られる間、ラーナは我が身を掻き抱《いだ》き、必死に衝動を抑えていた。

ごとごとと響く振動が、座面から直に伝わる。

腰というより、もっと直截《ちょくさい》にいうならば、潤みに潤んだ秘部にだ。ひっきりなしの刺激に花芽《はなめ》がずきずきと脈打ち、いてもたってもいられなくなる。

「気分が悪いのか？」

心配そうに尋ねるウィルにも、首を横に振るのが精一杯だった。

(気づかれちゃ駄目。自分の作った薬で発情してるなんて、情けなすぎる……)

家に着きさえすれば、中和剤も作れるはずだ。そこまではどうにかと我慢を重ね、森の入口で馬車を降りたとき、急に限界が訪れた。

「ラーナ!?」

地面に膝をついたラーナに、ウィルが血相を変える。

あたりはもうすっかり暗く、森の奥からはミミズクの鳴き声が聞こえた。

「どうしてこんなに汗だくなんだ？」

立ち上がろうとするラーナを支え、ウィルは瞠目《どうもく》した。

逃《のが》しようのない淫熱のせいで、ラーナの腋も背中も大量の汗を噴いていた。

「とにかく、少し休もう」

ウィルに肩を借り、ラーナは森に入った。ここまで遅くなる予定ではなかったので、カンテラの用意はなく、樹冠を透かした月明かりだけが頼りだ。

街道から奥まった場所に大きなブナの木があり、ウィルはその根本にラーナを座らせた。

背中を幹に預け、緑の匂いを吸うといくぶん落ち着いたが、下半身のずくずくとした感覚は相変わらずだ。

「やっぱり具合が悪いんだろう？　気づかなくて悪かった」

「触らないで……！」

背中をさすろうとする手を、ラーナは反射的に振り払った。

ウィルの傷ついたような顔を見て、はっと罪悪感が湧く。

「違うの。ウィルが悪いんじゃなくて……今触られると、私……」

これ以上はもう誤魔化せない。

ラーナは観念し、蚊の鳴くような声で言った。

「私――……ったの」

「なんだ？　よく聞こえない」

「だから……私、うっかり媚薬を飲まされちゃったの……！」

情けなさを堪え、ラーナは洗いざらい打ち明けた。

話を聞いたウィルは驚いていたが、やがてその瞳にほの暗い熱が宿り始める。

「これ以上、みっともないとこ見せたくないから、お願い……ウィルは先に帰ってて」

「俺が帰ったあと、ラーナはどうするんだ?」

正面で膝をついたウィルが尋ねた。

口にするだけで死にそうだったが、ラーナは思い切って答えた。

「じ……自分で慰める……とか……?」

「やり方なんて知らないだろう」

決めつけるように言われて反論できない。実際、自分が気持ちよくなる目的で体に触れたことなど一度もないのだ。

「俺がしてやる」

当然の役目だとばかりに、ウィルは言った。

「もう三度目なんだから、恥ずかしがるな」

「で、でも、ここ外……あっ……!」

戸惑うラーナを、ウィルは草の褥《しとね》に押し倒した。

湿った土の匂いが強くなり、覆《おお》いかぶさってくる彼の頭上で木々の梢《こずえ》がざわめいた。

「ひ、ああっ……!」

胸の先をぎゅっと摘まれ、ラーナは嬌声をあげた。

服の上からそこを絞られるたびに、胎《はら》の奥がきゅんきゅんと引き攣《つ》る。さんざん焦れていたせいで、少しの刺激でも落雷に匹敵する刺激が駆け巡った。

「はぁ……ん……」

思わず甘い溜息を洩らすと、だらしなく蕩《とろ》けた顔を覗き込まれた。同じ欲望に濡れたアッシュグレイの瞳が、ラーナをじっと見つめている。

そこに映る自分がまぎれもない雌の顔をしていることも、もっと弄《いじ》られたいと望んでいることも、認めないわけにはいかなかった。

「息苦しそうだから、はだけるぞ」

ブラウスのボタンを外されていく、わずかな時間すらもどかしかった。

袖を抜いて服を脱がされ、シュミーズの肩紐もずり下げられると、汗ばんだ白い乳房が弾み出て、わずかな月光を照り返した。

どくどくと暴れる鼓動を宥《なだ》めるように、ウィルがラーナの胸に触れる。

「こんなに尖らせて、よく我慢できてたな」

ぷっくりと隆起した両乳首を見つめ、ウィルは哀れみを込めて呟いた。

膨らみを寄せ集めた彼が、双子のように並んだ乳頭《にゅうとう》を同時に口に含んだ。

「っ、あああぁん……！」

ぬめる口腔の中で、ふたつの乳首は強く吸われ、前歯でこりこりと甘噛みされた。片方ずつ攻められるよりはるかに強烈な快感に、地面の上で腰が浮く。

「や、ぁああ……っ、う……」

「もっと早く、俺を頼ってくれればよかったのに」

唾液を塗り込めるように、熱い舌が這《は》い回る。ちゅくちゅくと吸い上げられたかと思うと、唇で挟んだまま引っ張られる。

あまりの気持ちよさが恐ろしく、逃《のが》れようと体をよじるも、ウィルはさらに深く乳首を咥え込んで離してくれようとしなかった。

「ん、ひぅっ……ぅああ……っ」

軽く齧《かじ》られる痛みも、今は新たな官能の呼び水となるだけだ。薬のせいであらゆる神経が過敏になり、ラーナの身に未知の事象が訪れた。

「ウィル……だめ、やめて……やぁああっ……——!」

痺れきった乳首から、矢のような喜悦が走って腰を貫く。

がくがくと跳ねる下半身の奥で、押《お》し留《とど》めようのない快楽が弾けた。全身の緊張と弛緩《しかん》が伝わったのか、ウィルが驚いたように呟いた。

「もしかして、胸だけで達《い》ったのか?」

「……っ……もう、やだぁ……」

ラーナはべそをかき、両手で顔を覆った。

呆気なく達かされたことも情けないが、愉悦が引いた先から、体はさらなる飢餓感に悶《もだ》えている。

媚薬に焚《た》きつけられた欲望は溶岩のように滾《たぎ》っていて、一度くらいの極みでは焼け石に水だということがわかったからだ。

「まだ足りないなら、いくらでもしてやる」

宥《なだ》めるように言ったのち、スカートをめくったウィルは舌打ちをした。

例の男の部屋で脱がされたときのまま、ラーナは下着をつけていなかった。

「……間に合ってよかった」

さきほどの怒りを思い出したのか、やや荒っぽく脚を開かれる。

「こんなに綺麗な場所を、あの男に見せてやる前で……」

「ふぁあっ……！」

秘裂に添えられた指が媚肉《びにく》を割って、ウィルの唇がかぶさった。

ねろねろと丹念に舐められ、左右の花唇《かしん》を順番にしゃぶられて頭が真っ白になる。ぴちゃぴちゃと水っぽい音が、夜の底で秘めやかに響いた。

「こんなに溢れてるのは薬のせいか？　それとも俺が触ってるから？」

「く……薬のせい……」

ラーナはあからさまな嘘をついた。

きっかけは媚薬でも、この瞬間にこぷこぷと湧く蜜はウィルの舌に反応したゆえのものだったが、恥ずかしくて認められない。

「薬のせい……か」

張り合うつもりか、ウィルは陰核を包む莢《さや》をくるりと剥《む》いた。無防備になったそこを舌先が転がし、合間を縫ってじゅっと吸われる。

「や！　それだめぇ……っ！」

一度は去ったはずの絶頂感がまた押し寄せてくる。

親指と人差し指で摘まれ、くびり出された肉色の真珠を、唾液を乗せた舌がぐりぐりと押し潰した。加える力を強めたり緩めたりされるたび、突き抜ける快感に子宮が戦慄《わなな》く。

「ああっ……いや、すごい……それすごいの、ぁあああん……っ！」

「もう一度達《い》きそうだな」

戸外にいることも忘れるくらい、慎みのない声をあげて悶えるラーナを、ウィルは的確に追い詰めた。

「達っていいから。このまま俺に舐められて――……達け」

「あ……あぁああっ――――……！」

――それから、何度極みを迎えただろう。

暑くて自《みず》ら脱いだのか、脱がされたのかも覚えていないが、いつの間にかラーナは全裸でウィルにしがみついていた。下草がちくちくと肌を刺す痛みも、与えられる快楽の前では少しも気にならなかった。

胸や秘処のみならず、どこに触れられてもラーナは乱れた。耳朶《じだ》を甘噛みされて悲鳴をあげ、体を裏返して背骨を舐められるにいたっては、軽く意識を飛ばしたほどだ。

腋《わき》の下《した》も、臍《へそ》も、内腿も、会陰《えいん》も、快感に反り返る足指も。

ラーナのあらゆる場所にウィルはキスして、飢えた獣のようにしゃぶり尽くした。

もっとして――と恥も外聞もなくねだるラーナに煽られ、彼の目つきも変わっていく。

媚薬に侵された苦しみを散らすためであっても、恋した相手のあられもない姿に、理性は限界に近いのだろう。

そのことを考慮する余裕もなく、ラーナは口走っていた。

「ねぇ、ウィル……ウィルも脱いで……」

肌の温《ぬく》もりが恋しくてシャツの襟に手をかければ、彼のほうからもどかしそうに脱ぎ捨てた。

そのまま覆いかぶさられ、呼吸もままならないほど抱き潰される。

（ああ、好き……ウィルのこの匂い、すごく好き……）

ラーナはウィルの胸に頬ずりし、無我夢中で口づけた。

唇を押し返す肌は瑞々しく、なめした革のようにすべらかだ。柔らかいわけではないし、女性のような膨らみもないのに、母の胸に抱かれる赤子のような幸福感すら覚える。

「……っ、……く……」

ラーナがキスを繰り返す一方で、ウィルのほうは必死に欲望を抑えていた。

張りつめたズボンの下のものが、びくびくと苦しそうに震える。

気づいたラーナは、そこに自然と手を伸ばした。

窒息しかけた生き物を助けるような気持ちで、布越しに形をなぞった途端、ウィルは耐えかねたように体をもぎ離した。

「駄目だ、それ以上は……そんなふうにされたら、今度こそラーナを抱きたくなるから」

口元に拳を押し当てて、真っ赤な顔で息を乱す。

その瞬間、ラーナはどうしてか素直な気持ちになれた。

「そうしてほしい」

反射のように零れた言葉に、ウィルがぎょっとした。

ラーナも自分で言って驚いたが、口にしたことで本心に気がついた。

「血迷うな。今はただ、媚薬でおかしくなってるだけで――」

「それだけじゃないの」

確かに、体は今までになく疼いている。指や舌の愛撫だけでは物足りず、もっと強い刺激が欲しいと叫んでいる。

だが、誰でもいいからそうされたいわけではないし――それに。

「私ね……ウィルのことを、弟みたいな存在だと思ってた……ウィルが突然大人になって、私を好きだって言い出したときは、これまでの関係が変わるのが怖かった……」

淫欲に呑まれまいと唇を噛み、弾む息の下からラーナは言った。

「怖かったし、困ったけど……それと同じくらい嬉しかったの。姿が変わっても、ウィルは優しくて格好良くて……そもそも、恋なんて私とは無縁だと思ってたから」

ラーナのどんな言葉も取り零《とこぼ》すまいというように、ウィルは真剣に耳を傾けている。

「……いろいろ、いっぱい考えたよ」

深く息をついて、ラーナは続けた。

「私は半魔女《ハーフ・ウィッチ》だから、ウィルのほうが先に歳をとる。恋人や夫婦として一緒にいたら、ウィルは周りから変なふうに見られちゃう。――私も、ウィルを看取《みと》ったあとで長生きなんてしたくなかったし」

本当は死ぬことすらできないのだが、それを言えば、優しいウィルが先のことを思い煩《わずら》いそうなので胸に留めておく。

「だけど……いつか別れることまで考えても、ウィルと一緒にいたいのが私の本当の気持ちなの。姉と弟でいられない以上、形を変えた家族になれるならなりたい……ウィルとなら、なれるかもしれないって思って……」

「つまり、ラーナは俺を好きなんだな?」

そう遮ったウィルの言葉は、傲慢といえば傲慢だったかもしれない。

だがそれは、事実を指摘するというより、そうであってほしいという祈りに似ていた。

「俺を男として見てくれてるってことだよな? 媚薬での発情から楽になりたくて、抱かれてもいいと思うくらいには」

「だから、薬のせいだけじゃないったら」

「……嬉しくてどうにかなりそうだ」

かすれた声が、夜風にまぎれて耳に届いた。

ラーナを見つめるウィルの瞳は、うっすらと濡れていた。何度も瞬きを繰り返すのは、目の前の光景が現実なのだと、瞼《まぶた》で噛み締めているかのようだった。

「もう何年も、ずっと言いたかった。ラーナ、俺と……っ」

息せききって言いかけたウィルは、己を制するように深呼吸し、改めて告げた。

「俺と――結婚してくれ」

「うん」

積年の想いに応《こた》えるには、軽すぎる返事だったかもしれない。

頷いた端から不安になったが、緊張が解けたウィルの笑顔を見れば、これでよかったのだと思えた。

八年前に森で拾った、ぼろぼろに傷ついた男の子。

あの日からラーナは、彼を喜ばせたい、できるだけ笑っていてほしいと、そればかりを考えてきたのだから。

「ありがとう……私も嬉しい」

かつての習慣で頭を撫でれば、ウィルはやや不満そうだったが、今の自分は大人なのだと知らしめるように、硬くなった腰のものを恥丘《ちきゅう》に押し当ててきた。

「んっ……ウィル……」

ズボン越しとはいえ、興奮の証をごりごりと擦りつけられて、新たな蜜が湧き出る。そこで繋がる悦《よろこ》びはまだ知らないはずなのに、女の本能が期待している。

主導権を取り戻したウィルが、からかうように囁いた。

「ラーナがいっぱい濡らしてるから、俺の下着まで染みてくるな」

「やだ……や……ん、はぁあっ……」

ウィルが腰を揺すり立てるたび、下腹にずんと鈍い快感が響く。

表面を擦り合うだけでも一定の快感を得られることは、浴室での戯れで知っていた。けれど互いの想いを確かめ合った今は、寸止めにする理由は何もない。

欲望が喉元までせり上がってきて、ラーナはもどかしく訴えた。

「それ、かえってつらいから……」

「だったら、ラーナはどうされたい？」

「わ、わかってるくせに……意地悪……っ」

「そんなに可愛い顔で拗《す》ねてくれるなら、意地悪にもなる」

「ウィルだって初めてのくせに、どうしてそんなに余裕なのよ」

「余裕があるように見えるのか？　これでも？」

ウィルはズボンの前立てを開き、怒張したものを引きずり出した。

あまりまじまじと見るものではないのだろうが、視線が引き寄せられて、ごくりと生唾を飲んでしまう。

（大きいのは、この間見たから知ってたけど……もしかして、あのとき以上じゃない？）

いよいよ本懐を遂《と》げたいという渇望に、ウィルの雄茎はこれでもかと反り返っていた。

無花果《いちじく》の実ほどもある先端は生き物のようにびくついて、透明な液体を大量に垂らしている。たらたらと幹を伝うそれは、ウィルが浴室で爆《は》ぜさせたものとは、色も匂いも異なる別の体液のようだった。

「こんなに先走りが出てるのに、余裕なんてないからな」

ラーナの凝視が気まずかったのか、ウィルはぶっきらぼうに言った。

「さきばしり?」

「ラーナの中に入りたくて、限界だって徴《しるし》だから」

「そう言われると、なんだか泣いてるみたいよね」

いじらしく感じたラーナは、生まれたての子猫に触れるように剛直の先を撫で回した。

途端にびくんと大きな震えが伝わり、前かがみになったウィルが呻いた。

「あ……っぶない……」

「あ、触っちゃ駄目だった?」

「余裕ないって言っただろ。挿《い》れる前に漏らすなんて、格好悪いことさせるな……っ」

「やっ⁉」

いきなり両膝を摑まれて、左右にがばっと広げられた。

濡れそぼった場所に、人体の一部とは思えないほど熱いものが押し当てられる。ラーナが触れたことにより、さらに膨らんで充血した亀頭だった。

「本当に挿《い》れていいんだな?」

逸《はや》る欲望を必死で抑えているのだと、傍目《はため》にもわかる様子で尋ねられた。

切羽詰まっているのは、媚薬に翻弄され続けたラーナも同じだった。とっくに準備の整った秘裂が、自《おの》ずから綻んでウィルを招き入れようとする。

「いいよ――……来て」

「ラーナ……っ!」

ウィルが体重を乗せて腰を沈めると、くぷっ……と入口が割られた。

じりじりと侵入してくる太いものの感触に、尾骨が甘く痺れる。

これまで受け入れたものはウィルの指と舌のみだが、内部を擦られることの快楽を知ってしまった、浅ましい期待ゆえだ。

「は……う、ぁあ……っ!」

指でも舌でも届かなかった深部を、初めてぬぷぬぷと押し広げられていく。

ラーナは喉を仰《の》け反《ぞ》らせ、地面に爪を立てた。

痛みがあるのかないのかもわからない。

お腹の奥がひたすらに重くて、熱くて、息ができない。

生理的な涙の浮かんだ眦《まなじり》にキスをして、ウィルは許しを乞うように囁いた。

「あと少しで全部だから」

「っ――……やあっ⁉」

ここが最後かと感じていたところから、さらに奥を拓《ひら》かれて内臓がずれたかと思った。

恐る恐る見下ろせば、剛直を呑み込んだ下腹部は心なし膨らんでいる気さえする。根元まで繋がった証に、互いの恥丘《ちきゅう》は隙間なく密着し、湿った体毛が絡み合っていた。

「痛くないか？」

心配そうな顔をしたウィルが、汗に濡れたラーナの髪を撫でつけた。

「少し……でも、大丈夫」

遅れて湧いた鈍痛を感じながらも、ラーナは世界の秘密を解き明かしたように感じた。

(好きな人とひとつになるって、こういうことなんだ……――)

手を繋いでもキスしても、力一杯に抱きしめてもまだ足りない。

相手のすべてに触れたいし、混ざり合いたいし溶け合いたい。

そんな狂おしい衝動に駆られたときに、せめてもの手段として女が男を迎え入れ、快感を分かち合う作りになっているなんて、人間とはよくできているものだ。

「私はこうしてるだけで嬉しいけど……ウィルは？　じっとしてていいの？」

息を詰めて微動だにしないウィルに、ラーナのほうから問いかけた。

浴室での行為を思い出すに、ウィルが射精にまで至る快楽を得るには、これだけでは足りないだろうと気を遣ったのだ。

「もう少し慣らしたほうがいいと思う。……お互いに」

ウィルの口調には恥じらいが混じっていて、それは『格好悪いことさせるな』と言ったのと同じ理由によるものだと知れた。女性経験がない彼には、現状でも刺激が強すぎるのだ。

「私の中、そんなに気持ちいい？」

何気なく尋ねれば、ウィルの顔が真っ赤になった。

「当たり前だろ。言わせるな」

「そっかぁ……よかった」

ラーナはへへっ、と笑った。

今までウィルに我慢を強《し》いた上、こっちが気持ちよくしてもらうことのほうが多かったから、埋め合わせができたようで嬉しかった。快感を与えてもらうばかりではなく、相手にも感じてほしいという欲望も、ウィルを好きになって初めて知った。

「今日はまだキスしてなかったな。……してもいいか？」

一線を越えたのに妙に純情なことを言うウィルが愛《いと》しくて、ラーナのほうから首をもたげ、落ちてくる唇を受け止める。

とろとろと唾液を混ぜ合う口づけをしながら、ウィルはラーナの胸に触れた。尖りっぱなしだった先端を探り当て、優しく摘んでは指の腹で転がす。

「あん、……はぁあ……」

胸を弄《いじ》られる喜悦は下半身の疼きへと直結し、ウィルのもので満たされた内部が悩ましくうねった。

途端にウィルが顔を上げ、切迫したように眉をひそめる。

「これ……中、動かしてるか？」

「え……わかんない、けど……」

「絞られてる……ぬるぬるしたのが絡んできて、すごい……っ」

『もう少し慣らしたほうが』と言った舌の根も乾かぬうちに、目の色を変えたウィルが律動を始めた。

「ま、まだ動かないんじゃなかったの⁉」

「ごめん……誘われてるみたいで、我慢できな……っ……」

ラーナへの気遣いはかろうじて残っているのか、肉棒は浅い場所だけをぱちゅぱちゅと行き

来している。

出し入れされるたび、媚肉がめくれて泡立つ愛液が溢れた。会陰《えいん》を伝って垂れた甘酸っぱい性の匂いと、尻の下で潰れた草の青臭さが、淫靡《いんび》に混ざって立ちのぼった。

「あ、ぅう……そこ擦っちゃ……あぁぁっ！」

欲望に猛《たけ》る男根が、次第に深く潜って奥を穿《うが》つ。

叩きつけられる腰の勢いが速まるにつれ、ラーナも理性をなくしていった。

「んっ、ふぁぁあ……いいの……気持ちい……っ」

「奥か？　ここを擦ると、ラーナも気持ちいいのか？」

「ん、……うんっ……！　ぐりぐりって、もっと……やぁぁあっ……！」

さっきまで処女だったのに、初体験からここまで乱れるのは異常かもしれない。

けれど今の自分は、媚薬で感度を高められた身だ。

それを言い訳にして、快感を余すことなく貪《むさぼ》ってしまう。腰をぐいぐいとせり上げ、もっと深く、もっと奥までと、肉棒を咥え込もうとする動きが止まらない。

「奥っ……奥まで擦れるの、好き……あぁぁあ……っ！」

差し入れたままぐちぐちと腰を揺すられると、圧迫された肉芽が痺れた。どこかに振り落とされそうな感覚が怖くて、目の前の体を夢中で抱きしめる。

ラーナの花筒《はなづつ》も同様に、ウィルの昂《たかぶ》りを離すまいとしがみついた。

「だから、そうやって締められたら……っ」

「うん……私も、もうだめだから……ウィルも……」

「出していいってことか？　中に？」

「いい……なんでもいいから、一緒にいきたい……っ！」

一心不乱に頷くと、解放を許されたウィルが奥を遠慮なしに攻め立てた。

ずちゅずちゅと抜き差しされる抽挿が心地よく、ラーナは声帯が擦り切れるほどに喘いだ。

「ぁは、あん……いっちゃう、いく……っ」

「ああ……俺も、達きそうだ……」

「うん……うんっ……ウィルも気持ちよくなって……なって……」

切れ切れの声に煽られたウィルが、ラーナの腰骨を摑み、これ以上ない深部にまで打ち込んだ。

肉杭が子宮を押し上げ、こじ開けられた入口は子種を啜るように、ちゅうちゅうと亀頭の先に吸いついている。

それほどの刺激に耐え切る経験値を、ウィルが備えているわけもない。

「……く……、もう……出るっ……！」

大きな脈動が伝わり、突き当たりを塞いだ先端から灼熱の飛沫《しぶき》が放たれた。

体内で直に浴びる射精は、ラーナをたちまち陶酔の彼方に押し上げた。

重なりあった腰がびくびくと跳ね、毛穴という毛穴が汗を噴く。

力尽きて折り重なってくるウィルを、ラーナは荒い息の中で抱きとめた。

果てたはずの蜜壺は、まだ未練がましくウィルのものを締めつけている。

媚薬による飢えはようやく鎮《しず》まったようだが、いつまでもこうして深く結ばれたままでいたかった。

「こんなに気持ちいいなんて、聞いてない……」

意識がぼんやりして、思わず洩れた言葉。

一拍置いて恥ずかしくなったが、同じように照れた瞳で、

「俺もだ」

とウィルが頷いた。

「やっとラーナとひとつになれた。——まさか、こんな森の中でとは思ってなかったけど」

「それは私も」

小さく笑ったラーナは、頭上で枝葉を茂らせたブナの木を指さし、

「気づいてた？」

と尋ねた。

「ここ、私がウィルと初めて会った場所だって」

「忘れるわけないだろ」

ラーナも覚えていたことが嬉しいのか、ウィルが笑み崩れた。

「あのときの自分に言ってやりたいよ。お前が見惚《みと》れてる彼女は、運命の相手だ。出会う前に絶望して死ななくてよかったな、って」

そう思ってもらえたなら、彼を拾い、八年間を共に過ごした意味はあったのだ。

ラーナにとっては予想外の未来だったが、ウィルが運命だと言ってくれるなら、今は素直にそれを信じたい。

「出会ってくれてありがとう。――大好きよ、ウィル」

不意打ちを食らったような表情を浮かべたウィルに、そういえば口にするのは初めてだったかもしれないと思いながら、ラーナは微笑んでキスをした。

（5）覆《くつがえ》された平穏

食欲を刺激する香ばしい匂いが、台所いっぱいに広がる。

熱気の噴き出すオーブンを開けたラーナは、黄金色のチーズがふつふつと沸き立つ様子に、「よし」と頷いた。

「カボチャとひき肉のグラタンはこれで完成……っと」

ミトンを嵌《は》めた手でグラタン皿を取り出し、いそいそと食卓に運ぶ。

そこにはすでに、昼間のうちから仕込んだ料理の数々が並べられていた。

白い脂身《あぶらみ》と桃色の肉のコントラストが鮮やかな鴨《かも》の燻製《くんせい》。オリーブオイルで表面をかりかりに焼いたのち、ローズマリーを添えたニジマスのポワレ。

茹《ゆ》でアスパラとルッコラのサラダには、マスタードと刻み卵を和《あ》えたソースを散らし、スープは丹念に裏ごしした白インゲンのポタージュにした。

デザートにはメレンゲをたっぷり使った口当たりの軽いケーキと、ラズベリーのコンポートを用意してある。

食卓には鮮やかな緋色《ひいろ》のクロスが敷かれ、銀のカトラリーもぴかぴかに磨き抜いた。料理の隙間には色とりどりの花を活《い》けた籠を飾り、華やかなムードを演出している。

「いくらなんでも張り切り過ぎじゃない？」

椅子に飛び乗り、食卓を眺め渡すクルトの言うとおりだ。

料理が得意なラーナでも、普段からこれだけの品数を用意することは滅多になかった。魚は湖で釣れるし、野菜も自給自足の畑で事足りるが、食用肉はそうはいかない。獣罠《わな》を仕掛けるか、知り合いの猟師に狩った獲物を分けてもらうか、町で加工肉を買うかしないと手に入らないという問題もある。

そんな手間暇をかけてでも、今日はとびきりのご馳走《ちそう》を作りたかった。――何故なら。

「ただいま……って、どうしたんだ、この夕飯？」

タイミングよく扉が開き、町から帰ってきたウィルが目を丸くした。

ラーナは彼のもとに駆け寄り、その首根っこに抱きついた。

「おかえり、ウィル！　二十一歳の誕生日おめでとう！」

指を弾くと、天井からポンッ！　と軽快な音がして、吊《つ》るされたくす玉が割れた。

紙吹雪が舞い、針金と布で作った鳩がパタパタと羽ばたき、「くるっくー」「くるっぽー」と平和に鳴いた。

（やった、成功した！）

ラーナは口笛でも吹きたい気分だった。まともな魔女なら朝飯前の魔法だが、ラーナにとっては、これだけのことでも練習を重ねなければならなかった。

努力の甲斐あり、ウィルは完全に意表をつかれた顔でラーナを見下ろしている。

「……俺、今日が誕生日だなんて話したか？」

「違うの？」

「いや、違わないけど」

「でしょ。カルナードの王子様が生まれた日なら、少し調べればわかるもの」

この国の王太子であるウィルゼイン――ラーナからすれば、ちょっとよそよそしい響きの本名だ――の生誕は当然、公式な記録として残っている。町に出た際に図書館に寄り、王室史を紐解《ひもと》けばすぐにわかった。

これまで何度も誕生日を祝ってやりたいと思ったが、呪いのせいで素性にまつわることは聞き出せなかった。せめて出会った日を記念日にして、ささやかなお祝いをするようにはしていたが、やっと願いが叶った。

「本当なら、お城で盛大なパーティーを開くんだろうけど。綺麗なご令嬢を集めた舞踏会なんかもあるのかもしれないし、それに比べれば地味で悪いけど」

「祝ってくれようとしたのか？　俺の好物ばっかり用意して？」

「そう。あったかいうちに早く食べ、て……っ⁉」

言い終わらないうちに、ラーナは息もできないほど強く抱きしめられた。

「──ありがとう」

耳元で聞くウィルの声は、少しかすれていた。

「こんなに嬉しい誕生日は初めてだ……ありがとう。本当に」

よほど感激したのか、ウィルはその場でラーナの唇を奪った。食欲よりも違う欲望が勝《まさ》ったように、舌が侵入してくる。

「んっ……あ……」

後ずさった拍子に腰がテーブルにぶつかり、食器がガシャンと鳴った。

それ以上は身を引けず、情熱的な口づけにラーナは目を閉じて応《こた》えた。

──夜の森でウィルと結ばれてから、およそひと月。

一旦想いを通じ合わせたのちは、互いを押し留めるものは何もなかった。

ウィルは健康な若い男性らしく、夜になるたびラーナの部屋を訪れた。ときには彼の部屋や、淫らな記憶も生々しい浴室に連れ込まれて、蜜のような時間を過ごした。

愛し合う二人の睦《むつ》みごとには、底もなければ果てもない。

どれだけ交わっても足りない気がしたし、腰が立たなくなるまで抱かれても、次の日にはもうウィルが欲しかった。

最低限のけじめはつけなければと、日の高いうちはそれぞれの仕事をこなすようにしていたが、どうしてもとせがむウィルに負けて、食事もとらず、一日中ベッドの中でいちゃついていたこともある。

互いを心地よくさせる術《すべ》を、ラーナもウィルも手探りで覚えた。もともとウィルは器用だし、ラーナも興味を持ったことには集中力を発揮する性質《たち》だ。

それでもさすがに羞恥が過ぎて、尻込みするような場面もある。

そんなときウィルは、ラーナを甘く諭《さと》した。

『俺たちはもう夫婦だろう?』と。

その言葉はくすぐったくて、少し切なくもなる。

母親が魔女だったラーナには戸籍がなく、正式に誰かの妻になることはできない。

ウィル自身も本来の身分を取り戻さない限り、世間的には何者でもないままだ。

それでもウィルは、ラーナを妻だと言ってくれる。

『そのうち、ちゃんと結婚式を挙げよう。ラーナに似合うウェディングドレスを、俺が必ず用意するから』

と、腕枕をしてくれながら夢を語る。

毎日懸命に働いているのは、そのための資金を貯めるつもりなのかもしれなかった。

「っ……ウィル、ちょっと……」

深いキスを続けながら、ラーナはびくっとした。

ウィルの手がスカートの下に潜り込み、内腿をさわさわと撫でている。

体の芯にはすっかり火が点《つ》いていて、正直やぶさかではなかったが、さすがに食堂でというのはどうなのか――。

「料理が冷めるよ」

二人を我に返らせたのは、料理以上に冷め切ったクルトの声だった。

「せっかくの誕生日ディナーは美味しくいただくべきじゃない？　それともウィルにとっちゃ、ラーナのほうがご馳走ってわけ？」

「そうだ」

臆面もなく頷かれ、ラーナは頬を染めた。その頭にぽんと手を置き、ウィルが笑う。

「でも、今は先に食事にしよう。ラーナが俺のために腕を振るってくれたんだもんな」

そんなわけで、ようやく席につく運びとなった。

とっておきのワインを開けて乾杯し、ウィルもラーナも大いに食べた。クルトもニジマスの相伴にあずかり、和《なご》やかな夕餉《ゆうげ》の時が過ぎた。

「ねぇ、さっきもちょっと言ったけど」

デザートのケーキを味わいながら、酔いの回ったラーナは無邪気に尋ねた。

「王子様の花嫁選びには、やっぱり舞踏会が開かれるの？　お伽話でもあるじゃない。国中の女の子に招待状が届くのに、継母に苛《いじ》められてる主人公はお城に行かせてもらえないのよ」

「俺が城にいたときは、そんな年頃じゃなかった」

王子と呼ばれることが落ち着かないのか、ウィルは苦笑した。

「実際にそんな慣習があるのかどうかは知らない。ただ、小さい頃からダンスの練習はさせられてたな」

「踊れるんだ！　ねぇ、ここで踊ってみせて！」

「……は？」

突拍子もないおねだりに、ウィルは戸惑っていた。

「踊れる男と、歌える男と、字の綺麗な男はモテるんだって、私のお母さんが言ってたの」

『ついでに料理の上手い男もね』と厨房《ちゅうぼう》に立つ父を見やり、ウィンクした母の姿を思い出す。

娘の目から見ても、あのときのリグレシアはとても魅力的で愛らしかった。

「ウィルは普段から素敵だけど、うちのお母さんの理論で言えば、踊ったらもっとカッコいいはずでしょ」

「そうは言ってもここは狭いし」

「だったら表に出ればいいわ」

「俺が習ったのはワルツだぞ？　一人じゃ無理だ。相手がいないと」

「じゃあ私が一緒に踊る！」

ダンスの作法など何も知らないが、酔っ払いの辞書には躊躇という文字がない。

戸惑うウィルの手を引いて、ラーナは家の外に出た。おあつらえむきに満月が輝き、煌々とした光を大地に投げかけている。

「お誘いありがとうございます、王子様」

気取って言ったラーナは、スカートを摘んで持ち上げ、それっぽくお辞儀をしてみせた。

「まずはどうすればいいの？　教えて」

「ちゃんと覚えてるかどうか怪しいぞ」

観念したのか、ウィルがラーナの腰を抱いて引き寄せた。

見慣れた顔が近づくだけなのに、月明かりとワインのせいか、胸がどきどきと高鳴る。

「まずは基本のステップがこうで……次はこう……」

記憶が怪しいと言った割に、ウィルの指導は的確だった。言われたとおりに足を出したり引っ込めたり、くるりと回ったりするうちに、なんとなく形になってきた。

「これ、できてる？　踊れてる？」

「ああ、だんだん上手くなってきた」

最初は気乗りしない様子だったのに、楽しそうなラーナにつられたのか、ウィルの顔にも笑みが浮かんだ。

音楽がないのが物足りなくて、ラーナは自ら歌を歌った。

異国語の歌詞で意味もわからないが、昔から知っている軽やかな三拍子の曲だ。

「何の歌だ？」

「私も知らないの。でも、お母さんがよく歌ってた」

胸と胸を密着させて体を揺らしながら、ラーナは答えた。

今夜は何故か母のことがよく思い出される。

いつの間にかクルトも外に出て、ラーナの歌声に耳を傾けていた。

その尻尾がいきなり瓶ブラシのように膨らみ、シャアッ！　と威嚇の声があがった。

「ラーナ、上！」

クルトの叫びに、ラーナははっと頭上を仰いだ。

それは最初、翼を広げて旋回するただの梟《ふくろう》に見えた。

あれの何を警戒することがあるのだろう――と思った直後、ウィルが息を呑むのが伝わった。

遅れて、ラーナもぎょっと目を見開く。

梟の頭が稼働域を無視して一回転したと思ったら、人間の女のそれに変化したのだ。

その顔に見覚えがあることに気づき、さらに血の気が引いた。


「「リグレンヌ……!」」


同時に声が揃《そろ》い、ラーナとウィルは視線を交わした。

あの女だ、間違いない、と無言のうちに確かめ合う。

ラーナと同じ、銀の髪に翡翠の瞳――見た目は亡き母と瓜ふたつなのに、纏う空気は似ても似つかない、自分たちにとっての仇敵《きゅうてき》だった。

(どうして今になって、リグレンヌがここに……!?)

ウィルも同じ疑問を抱いただろうが、悠長に話し合う暇はない。あの酷薄な笑みを見れば、かつての非道を詫びにきたわけではないのは明白だ。

「来い!」

ウィルがラーナの手を引き、家の中に戻った。扉が閉まる寸前にクルトも滑り込んでくる。

「地下の食糧貯蔵庫に隠れてろ」

短く言って、ウィルは二階へ続く階段を駆けあがった。一人になるのが怖くて、ラーナは忠告を守らずその後を追った。

ウィルが向かった先は、彼の自室だった。ベッドの下から引きずり出されたものに、ラーナは目を瞠《みは》った。

「それって……」

剣だ。

幅広でずしりと持ち重りのしそうな、ラーナの腕よりも長い剣。

森の暮らしで使う刃物といえば、薪を割る斧や草を刈る鎌、料理用の包丁くらいだから、その剣はひどく異質で物騒に見えた。

「そんなもの、いつから持ってたの？　むやみに振り回したら危な……きゃあっ⁉」

――ドォン！

唐突に家が揺れ、窓ガラスが弾け飛んだ。降ってくるガラス片から庇おうと、ウィルがラーナに覆いかぶって床に伏せる。

「大丈夫か⁉」

「へ……平気だけど、何これ？　地震？」

幸い、ウィルは頬を浅く切っただけのようだった。

その間にも壁が震え、梁《はり》が軋み、天井から埃が降ってくる。

割れた窓から外を見れば、夜の森は静かなものだった。みしみしと唸《うな》りをあげ、今にも壊れそうに揺れているのはこの家だけだ。

次の瞬間、窓いっぱいに巨大な女の顔が現れた。

「ひっ……！」

気が遠くなりかけながら、どうにか状況を理解する。

さきほどの梟が巨大化して、この家に体当たりを繰り返していた。愉悦に満ちた表情は、さながら蟻《あり》の巣穴に水を流し込んで喜ぶ残酷な幼子《おさなご》のようだ。

『ずいぶんいい男になったじゃないの、ウィルゼイン？』

女が喋った。

この場の梟が話しているのではなく、どこか遠くから魔力を介して届けているような、歪んで割れた声だった。

『懐かしい歌が聞こえて様子を見に来たら、まさか義理の息子と再会するなんてね。一体、どうやって私の呪いを解いたの？　――まさか、そこの』

笑っているようで笑っていない翠の目が、ぎょろりと動いてラーナを見据えた。

『出来損ないの半魔女《ハーフ・ウィッチ》に解いてもらったんじゃないわよね？　そもそもどうして、あんたたちが一緒にいるの？』

悪意に満ちた視線に射貫《いぬ》かれ、ラーナは金縛りに遭ったように立ちすくんだ。

百二十年前の恐怖が、昨日のことのように蘇《よみがえ》る。

床の上にごろりと転がった父親の生首。

夫を殺され、自らの涙に溶けて消えた母親。

あんなふうに、自分はまた大切な人を失うのか。

家族として共に暮らし、やっと想いを通じ合わせた恋人を、この残忍な魔女に奪われるのか。

「……、……っ……！」

呼吸が極端に浅くなって、全身から冷や汗が噴き出した。

胸を押さえて崩れ落ちると、ウィルが無言で剣を抜いた。

宿敵の顔をした怪鳥《けちょう》に向けて、止める間もなく駆けていく。ガラスをなくした窓枠を蹴って、その身が宙に躍《おど》った。

「ウィルっ……！」

ラーナは見た。

落下する寸前、ウィルはリグレンヌの長い髪をロープ代わりに掴み、その頭頂によじ登った。

軽業師《かるわざし》のような身のこなしに唖然とするうち、ウィルは露《つゆ》ほどの躊躇も見せず、リグレンヌの片目に剣を突き立てた。

身の毛もよだつ絶叫が、夜の静寂《しじま》を引き裂いた。

窓から半身を乗り出したラーナは、狂ったような羽ばたきの風圧に押し返される。

ウィルを振り落とそうと暴れる大鳥《おおとり》の嘴《くちばし》がこちらに向いて、くわっと大きく開かれた。

苦悶《くもん》の叫びと共に吐き出されたのは、赤々と燃える火球だった。

とっさに避けたが、魔力でできた火球は壁にぶつかり、たちまちそこらじゅうのものに燃え広がった。

「逃げろ、火事だ！」

逆毛を立てたクルトが叫んだ。

自然の火ではありえない勢いで、炎は天井も床も舐め尽くしていく。部屋中が黒煙で充満し、呆然とするラーナの背にクルトが爪を立てて飛びついた。

「いたっ……！」

「ぼやっとすんな、丸焦げになりたいのか!?」

「で、でも、大事なものだけは持ち出さなきゃ……お母さんが残してくれた魔導書とか」

「そんなもん焼けていい！　命があればどうにかなるんだ、いいから言うこと聞け、馬鹿！」

「わ、わかった！　わかったから、痛いって！」

よじ登ってきたクルトが、頭にしがみついて頭皮を齧《かじ》る。ラーナは夢中で階段を駆け下り、再び外に飛び出した。

「ウィル、どこ⁉」

煙に遮られ、周囲の様子がわからない。火事に気をとられたせいで、あのあとウィルがどうなったのかも見届けられていなかった。

「ウィル！　お願い、返事して！」

姿勢を低くし、咳き込みながら必死で叫ぶ。

と、煙の先から誰かの手が伸び、ラーナの二の腕を掴んだ。びくりとした直後、姿を見せたウィルはこめかみから血を流していた。

「怪我したの⁉」

「振り落とされた拍子にぶつけただけだ。――とどめは刺せなかった」

片目を潰されながらも、あの怪鳥は逃げたらしい。

ラーナの背後を見上げたウィルが、絶望に表情をなくした。

「俺たちの家が……――」

ラーナとウィルが、八年間を共に暮らした家。

それは今や屋根まで燃え落ち、闇の中で燃え盛る巨大な火柱と化していた。焦げ臭さを感じた鼻腔《びこう》の奥が、つんと痛くなった。

「大丈夫……大丈夫よ、ウィル」

思い出の宿る我が家が、なすすべもなく燃えていく。

身を切られそうな痛みの中、ラーナはウィルを抱きしめた。声も体も震えていたが、そう言うしかなかった。

「私もウィルもちゃんと生きてる。命があるんだもの。どうにかなるわ」

クルトに言われたばかりの言葉を、馬鹿のひとつ覚えのように繰り返す。

死にゆく人を前にしたかのように、誰もその場を動けなかった。

無数の火の粉を舞い上げ、家の土台が崩れ落ちる豪音を、ラーナは涙に濡れた目を閉じて聞いた。

◆◆◆

人生とは常に、思いがけない出来事の連続だという。

純然たる人ではない分、ラーナは普通より長く生きているし、それなりの苦労も経験してきたつもりだ。

（だけどまさかこの歳で、無一文の宿なしになるとは思わなかったわよね……）

リグレンヌの襲撃により、住み慣れた家を焼かれた翌朝。

ラーナたちは疲れ切った体を引きずり、朝までかかってミナスの町に辿《たど》り着《つ》いた。

ミナスなら多少の知り合いもいるし、ウィルにも日雇いの仕事があるし、当面はしのげるのではないかと考えて。

まだ日が昇り切らない薄明の中、広場のベンチに座り、二人と一匹でぐったりしていたときだった。

『こんなところで何をしている？』

頭上から声をかけられ、ラーナは目を瞬《しばた》いた。

そこに立っていたのは、いつも睡眠薬を届けに行くガレオンだった。日課である早朝の散歩の途中だということだった。

『実は、いろいろあって家がなくなっちゃいまして……』

こんな説明では、なんの要領も得ていない。

それでも、煤《すす》にまみれて疲労困憊《ひろうこんぱい》の様子に、ただごとではないと感じたのだろうか。

『うちに来なさい』

『え？』

呆気にとられるラーナの隣で、ウィルも驚いていた。

その彼をちらりと見やり、ガレオンは言った。

『そこの彼も、ついでに猫も一緒でいい。一人暮らしで部屋は余っているから、好きなだけいてくれて構わない』

ガレオンと自分は、ただの客と薬師の関係だ。こんな厚意に甘えてしまえるほど、深い付き合いはしていない。

冷静なときのラーナなら、そう思えた。けれどこのときは心身ともに疲れ切っていて、とにかく安心して休める場所が欲しかった。

世話になるとしてもせいぜい二、三日。

それ以上の迷惑はかけまいと決め、ガレオンの家に身を寄せて――そして。

（なんだかんだ、もう三週間も居候《いそうろう》させてもらっちゃってるのよね……）

くつくつと煮える鍋を掻き回しながら、ラーナは溜息をついた。

今日の夕飯は、ガレオンの好物であるマッシュルームをたっぷり入れたクリームシチューだ。

『先立つものができるまではここにいろ』と言われて世話になり続けている以上、せめて食事くらいはと作らせてもらっている。

ウィルはウィルで、一日でも早く自活できるよう、日雇いの仕事を増やしていた。

あれからリグレンヌが何かを仕掛けてくる気配はないが、それもいつまでだかわからない。

ガレオンや町の人を巻き込む可能性を考えれば、なるべく早く出ていくべきだ。

(お母さんの魔導書、やっぱり持ち出せばよかった。私が魔法を使って少しでも対抗できたら、何か違ったかもしれないのに……)

普段は魔法などなくてもやっていけたから、学ぶ必要性を感じなかった。

魔導書に触れることは母を懐かしむことでもあったが、その死に様を思い出す苦痛もあって、どうしても積極的になれなかった。

それでも大切な人を守りたいなら、魔女としての可能性を放棄してはいけなかったのだ。

いまさらな後悔に、またも溜息をついたときだった。

「美味《うま》そうだな」

匂いにつられたのか、居間で新聞を読んでいたガレオンが台所を覗きに来た。

ラーナはとっさに笑顔を浮かべ、小皿にシチューをよそって差し出した。

「よかったら味見してください。塩加減はどうですか?」

どれ、とシチューに口をつけたガレオンが、不服そうに唇を引き結んだ。

「……薄いな。儂《わし》が年寄りだからと、控えめにしたんだろう」

老人扱いするなとばかりに睨まれる。

図星をつかれたラーナが肩をすくめると、ガレオンの渋面がふっと和《やわ》らいだ。

「気持ちだけは受け取ろう。誰かに体調を気遣われるのは久しぶりだ」

「……久しぶり？」

その言い方だと、昔はいたのだ。ガレオンに健康でいてほしいと願う誰かが。

「妻だよ」

もの問いたげな雰囲気を感じ取ったのか、ガレオンは言った。

「ずっと子供ができなくて、結婚して十年目にようやく授かったものの、ひどい難産でな。三日三晩さんざんに苦しんで――結局、母子《おやこ》ともに助からなかった」

「……そうだったんですか」

思いがけない話に、それだけしか言えなかった。

ガレオンから家族について聞くのは、これが初めてだ。

同じ屋根の下で暮らすうちに心を開いてくれたのならいいが、つらい記憶を思い出させたのだとすれば申し訳なかった。

「そんな顔をしないでいい」

気まずい空気を拭《ぬぐ》うように、ガレオンは笑った。

「あれ以来、早死にはむしろ望むところだと思っていたが、しばらくは死ねない予定ができたんでな。食事にも少しは気をつけることにする」

そう言った彼の瞳には確かに、これまでにない覇気のようなものが宿っていた。

ガレオンに変化をもたらしたものはなんなのか。

薄々察していることはあるけれど、その予想は当たっているのか。

「ガレオンさん」

ラーナは神妙な顔になり、ガレオンに向き直った。

秘密主義の彼から今日こそ、本当のことを聞き出すために。

「教えてください。ウィルに訊いても、ずっとはぐらかされてしまってるから。――ガレオンさんは、前から彼と知り合いだったんじゃないですか?」

三ヵ月前、ラーナは「弟」と偽ったウィルと共にこの家を訪れた。名前を訊かれて「ウィル」だと答えたら、ガレオンは動揺していた。

そのくせ、家を焼け出されたラーナたちに、あのときの「弟」はどうしたのかと尋ねることはしなかった。

ラーナの恋人である青年には明らかに「弟」の面影があり、しかも名前は同じ「ウィル」だ。

偶然だと片づけるには不自然すぎるのに、何も訊かれないことに、ずっと居心地の悪さを感じていた。

ラーナにじっと見つめられ、ガレオンは困ったように眉根を寄せた。

「これ以上、何食わぬ顔を続けるのは無理があるな」

「じゃあ……」

「向こうで話そう」

それだけ言って、ガレオンは居間へと向かった。

長い話になると予感したラーナは、鍋の火を止めて彼の後を追った。

◆　◆　◆

その日の夜。

「ウィル、今いい？」

皆で夕飯をすませ、後片づけも終えたラーナは、寝泊まりさせてもらっている部屋の隣の扉をノックした。

「……ラーナ？」

扉が開き、ウィルが不思議そうに顔を出す。

まだ寝るつもりはなかったようで、シャツの上にジレを重ねた昼間の格好のままだった。

「もしかして夜這いにきてくれたのか？」

「そんなわけないでしょ」

あながち冗談でもなさそうなウィルの頬を、ぺちんと叩く。さすがに他人《ひと》の家に世話になりながら、いかがわしい真似をする気はない。

「なんだ、違うのか」

残念そうなウィルを後目《しりめ》に、ラーナはベッドに腰を下ろした。

夜這いではないと言った手前、やや躊躇《ためら》ったが、座れそうな場所が他になかったのだ。

ちなみにこの部屋も、ラーナが寝起きしている部屋も、かつては住み込みの使用人のためのものだったという。

歳をとるにつれ、他人の気配が煩《わずら》わしくなったガレオンが、自分で身の回りのことをするようになったため、解雇されてしまったらしいが。

彼が孤独を選ぶようになった経緯を、ラーナは今日知った。

それはやはり、目の前のウィルにも関係する話だった。

「全部聞いたわ」

ウィルが隣に腰を下ろすのを待ち、ラーナは切り出した。

「ガレオンさんはこの国の元軍人で、あなたがお城にいた頃の教育係だったのね」

「……そうだ」

小さく息をついてウィルは認めた。

「できれば黙っていてもらいたかったけどな。彼は根が正直だから、誤魔化せないだろうとは思ってた」

「そうよ。ガレオンさんだって、『これ以上、何食わぬ顔を続けるのは無理がある』って困ってたわ。――もともとは、ウィルのお父さんの親友だったんですって?」

わびしい独居老人を装うガレオンの経歴は、実に輝かしいものだった。

広大な所領を持つザファル侯爵家の当主であり、一時は将軍職まで賜《たまわ》った腕利きの武人でもあった。

国王のドレイクとは、幼い頃から兄弟のように親しく育ち、絶大な信頼を得ていた。

待望の跡継ぎに恵まれたドレイクは、ガレオンを息子の教育係に任じ、己が身に万一のことがあれば、後見人になってやってくれと頼んだのだ。

『ウィルゼイン殿下は、物心ついた頃から素晴らしく聡明《そうめい》なお子だった』

ラーナの前で、我が子を自慢するかのようにガレオンは語った。

実際、妻と子を同時に亡くした彼にとっては、ウィルは実の息子同然に愛おしい存在だったのだろう。

『教育係といっても、儂が教えられることは剣の手ほどきくらいだったが。小さな手に肉刺《まめ》ができても、大人でも音を上げる厳しい訓練にも、弱音を吐かれることはなかった。下々の使用人たちにも優しく、感謝の心を忘れない方で……あのままお育ちになっていれば、稀代《きたい》の名君になられただろうに』

運命の歯車が狂ったのは、ウィルが七歳になったとき。

サミアと名乗る占い師がドレイクを誑《たぶら》かし、後妻の座におさまった頃からだ。

『あれ以来、陛下はお人が変わってしまった』

目の中に入れても痛くないほど溺愛していた息子を、若い妃に唆《そそのか》されるまま、塔に幽閉して遠ざけた。ガレオンが何度諫《いさ》めても、まるで聞く耳を持たなかった。

湯水のように金を使う悪妻を戒めるどころか骨抜きにされ、しまいにはドレイク自身が原因不明の病に倒れた。

せめてウィルだけでも救えないものかと、ガレオンは必死になった。

見張りの兵士を買収し、決して諦めるなという手紙を届け、幼い主君を連れて逃げる算段を整えた。

が、懲罰を恐れた兵士が直前に裏切り、計画を告発したため、ガレオンは職を失い、王都を追われる身となってしまった。

その後の人生は、なんの希望も持てない余生にすぎなかった。

妻子に死なれ、友を失い、主君を助けられなかった無力感がガレオンを厭世的《えんせいてき》にさせた。爵位を甥《おい》に譲った彼は、ミナスの町に一人で暮らし始めた。

本気で世捨て人になる気なら、もっと鄙《ひな》びた田舎でもよかったが、王都から遠くないこの土地を選んだのは、幽閉された王子の噂を少しでも耳にできればと思ったからだ。

『殿下はずっと塔で暮らされているか、あるいはお亡くなりになったのかと思っていた。だから、あんたが連れてきた男の子を見たときは幻かと思ったよ』

かつての主《あるじ》そっくりの少年が、思いがけず目の前に現れたのだ。しかもその彼は、薬師の娘から『ウィル』と呼ばれていた。

ガレオンが混乱したのは、もし本当に自分の知るウィルゼインなら、今頃は成人しているはずだったからだ。

他人の空似だと納得しようとしたが、ガレオンは後日、予想外の人物に出会う。

「呪いが解けてすぐに、ウィルのほうからガレオンさんに会いに行ったんでしょ？」

確認のために尋ねると、ウィルは「ああ」と頷いた。

「俺にとってのガレオンは、もう一人の父親みたいな人だ。どうしてるかずっと心配だったし、この家で会ったときの反応で、俺を忘れてないんだってこともわかったから」

あのときは驚いて逃げてしまったが、青年の姿になれたからには、ガレオンを安心させることができると思った。

改めて彼を訪ねたのちは、自分がウィルゼインだと証明するため、離れていた間に起きた出来事も話した。

サミアこと、魔女リグレンヌに成長を止める呪いをかけられたこと。

城を追い出され、飢えて死にかけていたところを助けてくれたのがラーナであること。

彼女とは八年を共に暮らしたが、とあるきっかけで歳相応の姿に戻れたこと。

「リグレンヌはラーナの叔母であると同時に、両親の仇《かたき》なんだってことも話した。ラーナが魔女の血を引いてることも、話さないことには不自然で……事後承諾になって悪かった」

「それはいいよ」

あっさり言ったラーナに、ウィルは面食らったようだった。

「ガレオンさんなら、他の人に簡単に言いふらしたりしないでしょ。半魔女《ハーフ・ウィッチ》でも、私がどういう人間かってことは、これまでに充分わかってくれてるはずだしね」

それよりも、だ。

「秘密にしてることは他にもあるよね？」

「なんのことだ」

「ウィルとガレオンさんが、何を計画してるのかって話」

黙って背《そむ》けられたウィルの顔を、ラーナは両側から挟んで引き戻した。

「誤魔化さないで。知ってるんだから。二人が早朝の町外れで剣の手合わせをしてること」

彼らが家を抜け出していると最初に気づいたのは、気配に敏《さと》い猫のクルトだ。

口は悪いが気の利《き》く使い魔は、二人の後をひそかに尾《つ》けて、打ち込み稽古をしている場面を目撃した。

それを聞いたラーナも、翌朝こっそり覗きにいった。

ガレオンは老人らしからぬ剛腕《ごうわん》で剣を振るい、それに応じるウィルもまた、空白期間《ブランク》があるとは思えない筋の良さを見せていた。

「ガレオンさん、少し前に筋肉痛に効く膏薬が欲しいって言ってたの。年寄りの冷や水だなんて言ってたけど、まだまだ現役よね、あの動き」

怪鳥に襲われた晩、ウィルが部屋に剣を隠していたのは、その前からガレオンに手ほどきを受けていたからだと思えば腑《ふ》に落ちた。

「で、何を企《たくら》んであんなことしてるの？」

「企むだなんて大げさだ。俺はただ、ラーナを守りたいだけで」

「──守る？」

「ずっとそれが俺の願いだった」

さっきとは逆に、ウィルの両手がラーナの頬を包み込む。

「子供だった俺は、いつだって無力で。今は体だけは大人になったけど、どんな相手でも勝てなきゃ意味がない。ラーナを守るためなら俺はなんだってする。たとえ相手を殺してでも」

背筋がぞくりとしたのは、ウィルの親指がそっと唇をなぞったからか。

あるいは、『殺してでも』と告げた彼の瞳が、冷徹に底光りしていたからか。

「危ないことはしないで。……お願い」

かすれる声でラーナは言った。

「どうしても勝てない相手からは、逃げたっていいんだし……それに、ちゃんと覚えてて」

「何を？」

「ウィルが私を守りたいのと同じくらい、私だってウィルを守りたい」

そう告げると、ウィルは笑いかけた表情を途中で止めた。

その顔が唐突に近づいて、唇に唇が重なる。

出し抜けのキスに驚いたが、首の後ろを押さえられていて身じろぎできない。

「ん、……ちょっ……聞いてたの……?」

「ああ」

息継ぎの合間に声が返り、口づけは続く。

壊れ物に触れるように、柔らかく頬を撫でる手。

髪の根元に差し入れられ、項《うなじ》をくすぐる長い指。

穏やかで優しいキスなのに、ラーナは何故か不安になった。

「……好きだ」

こんなに近くにいるのに、ウィルの声は静かで、妙に遠くて。

ねじ込まれた舌とともに、喉の奥に小さな「何か」が落ちていって。

(——え?)

違和感を覚えたときにはもう、反射的に嚥下《えんげ》していた。

胃に落ちたそれは瞬く間に溶けて、思考を鈍らせ、瞼《まぶた》を鉛のように重たくさせる。

「ウィル……なん、で……?」

「おやすみ」

ウィルは切なげに呟いた。

「おやすみ、ラーナ。——帰ってこられたら結婚式を挙げような」

「っ……」

飲まされたのが睡眠薬の類《たぐい》だということは、すぐに気づいた。

それでも、彼がなんのためにこんなことをするのかがわからなくて——わからないようでわかる気がして、ラーナはウィルの胸元を掴んだ。

「い、かな……で……」

——行かないで。

訴えようとして力が抜ける。握りしめたシャツの感触が、儚《はかな》く指をすり抜ける。

目を閉じると同時にがくんと喉が仰け反って、ラーナは意識を手放した。

◆◆◆

(……眠ったか)

腕の中でぐったりしたラーナを見下ろし、ウィルは嘆息した。

気を失う寸前、『行かないで』と言われたことを思い出し、胸の奥がずきりと疼く。

どのみち今夜は、彼女に睡眠薬を飲ませるつもりだった。

計画の決行を前に、もう少ししたらラーナの部屋を訪れる予定だったが、彼女のほうから来てくれるとは思わなかった。

「どうしても、ラーナを巻き込むことだけはしたくないんだ。……ごめん」

細い体をベッドに横たえると、眠るラーナの唇に、改めてそっと口づける。

末期《まつご》の瞬間まで彼女の感触を覚えていられるように――なんて、縁起でもないけれど。

これから向かう先を思えば、生きて戻れる保証は必ずしもなかったから。

いつまでもこうしていたかったが、きりがないことはわかっていた。

未練を断ち切って部屋を出ると、いつもならすでに眠っているガレオンが、心得たように控えていた。

「待たせたな」

「は。すでに同志たちも揃っております」

老いてなお屈強なその身は、往時を思わせる甲冑《かっちゅう》で武装されていた。

ガレオンの言うとおり、階下からは多くの人の気配を感じる。

近隣の町や村から集まった、志《こころざし》を同じくする者たち。リグレンヌが私物化した政権に不満を抱《いだ》き、王妃を討たんと決起した反体制の集団《レジスタンス》だ。

これまでにも突発的な暴動《クーデター》は起きたが、軍に制圧され、すべて失敗に終わってきた。

が、今回は事情が大きく違う。

この国の元将軍だったガレオンが、武器を買うための資金調達まで含めて、レジスタンス集団の味方についたのだ。

以前から協力を乞われていた彼は、王太子の安否が不明なうちは迂闊《うかつ》に王城を攻められないと、首を縦に振らずにきた。

しかし、肝心のウィルが無事だとわかった今は。

「ウィルゼイン殿下」

ガレオンはその場に膝をつき、恭《うやうや》しく頭《こうべ》を垂れた。

「皆の希望を背負い、王妃討伐の旗印となってくださったこと、感謝いたします。必ずやサミア妃を――いや、魔女リグレンヌを討ち倒し、本来のお立場を取り戻しましょう」

成人したウィルと再会を果たしたガレオンは、事情を聞いたその場で、リグレンヌを討つべきだと進言した。

『陛下が病床にある以上、民を救えるのは王太子であるあなただけです。どうかお心をお決めください』と。

それを聞いたウィルが、戸惑わなかったと言えば嘘になる。身勝手を自覚しつつ、ラーナとの穏やかな暮らしさえ守られればそれでいいと考えそうになったことは否めない。

けれどやはりウィルにも、虐《しいた》げられる民を見捨ててはおけないという、王族としての矜持《きょうじ》や使命感はあるのだった。

迷いを抱《いだ》きながらも、日雇い仕事のついでにガレオンのもとに通い、剣の稽古をつけ直してもらうところから始めた。

一度など、稽古後に茶を振る舞われていたところにラーナがやってきて、慌てて隠れたこともある。そのおかげで彼女の後を追い、不埒な男に襲われていた場面に駆けつけることができたのだが。

「こちらこそ、ガレオンには感謝している」

かつての師であり、忠実な臣下でもあるガレオンを労《ねぎら》い、顔を上げてくれと促した。

「リグレンヌは強敵で、俺一人では何もできない。どうか皆の力を貸してほしい」

討伐に加わるかどうかの迷いを吹っ切るきっかけは、皮肉にもリグレンヌ本人がもたらした。

住み慣れた家を焼かれた夜に、逃げ隠れしているだけではラーナを守れないと痛感した。その気になれば、リグレンヌは猫がネズミをいたぶるように、幾度でも自分たちを弄《もてあそ》ぶだろう。

ガレオンの家に身を寄せることになったのも、結果的には好都合だった。

ラーナの手前、仕事と称して、ウィルは各地に散ったまとめ役らと計画の詳細を話し合った。

ウィルと年頃の変わらない若者たちも多くいて、王太子自ら剣を取り、共に城を攻めるのだと知って戦意を高揚させていた。

その討伐計画が実行されるのが、いよいよ今夜だ。

ミナス以外の地に集《つど》った仲間たちも、今頃は王都を目指して行軍を始めた頃だろう。

リグレンヌに不満を抱《いだ》く者は多くいて、それは軍の内でも例外ではない。

ガレオンの昔の部下たちは今も彼を慕っており、城内に続く隠し通路の鍵を開けておくという段取りも整っていた。

そこまでしても、相手は魔女だ。

奇襲をかけたところで容易《たやす》く成功するとは思えないが、民のためにもラーナのためにも、立ち向かわないという選択肢はいまやなかった。

「時間です。ウィルゼイン殿下、お仕度を」

「――わかった」

本当に、これが最後だと心に決めて。

ラーナが眠る部屋を見つめたウィルは、意を決して前を向き、人々が待つ階下へと降りていった。

(6) 魔女姉妹の絆《きずな》

ラーナは夢を見ていた。

夢だけに状況は曖昧で、前後の繋がりもわからない。

わかるのは、視界に映り込む光景がまったく知らない場所であること——瀟洒《しょうしゃ》なシャンデリアや象嵌《ぞうがん》細工の家具などが配された、貴人のための部屋らしいことだけだ。

『痛い……痛い、痛い……っ!』

天蓋《てんがい》に覆われたベッドに突っ伏し、ラーナは右目を押さえて呻いていた。

癒《いや》しの魔法で、流れる血は止まったのに、剣で貫かれたそこは今もずきずきと痛んだ。

油断したとはいえ、一方的にいたぶるつもりだった獲物に傷を負わされた悔しさが、幻痛となってこの身を苛《さいな》むのだ。

ラーナはそこではたと気づいた。

(待って——これ、私じゃない)

ベッドの上に広がる銀髪は、ラーナ自身のものなら癖がなくまっすぐなはずだ。しかしそれは鏝《こて》を当てたような巻き毛で、のたうつ体もやたらに凹凸が激しい。ラーナはこんなに肉感的な体型をしていないし、胸が零《こぼ》れ落ちそうな真紅のドレスなど着たこともない。

「ウィルゼイン……あの若造、とっとと息の根を止めておけばよかった。半端な情けなんてかけずに、八年前に【終焉の息吹】で殺しておけば……！」

ラーナは唐突に理解した。

今ここで憎々しげに喚いている自分は、リグレンヌだ。

正確に言えば、ラーナの意識が彼女の体に憑依《ひょうい》した状態で、リグレンヌ本人はそのことに気づいていないようだ。

（これはただの夢？　それとも本当に起きていること？）

混乱するが、今のラーナには何もできない。

ただ成り行きを見守り、リグレンヌの吐く言葉に耳を傾ける以外には、何も。

「ああ……でも、できない……あの魔法は、私にはもう使えない……」

悔しげに言って、リグレンヌは顔を覆った。

言葉はそこで途切れたが、ラーナには読めた。彼女の想いが。

今のラーナは、リグレンヌの心に影のごとく寄り添い、一分の隙もなく同化していたから。

(――怖いんだ、この人は)

かつて姪《ラーナ》に【終焉の息吹】を放ったとき、それは姉《リグレシア》の守護魔法と打ち消し合い、発動しないままに終わった。

その後に起きたことはラーナにとっても悪夢だが、リグレンヌにとっても消えない傷になっていたのだ。

「どうしてあんな男のために泣いたの、姉様……」

娘を守れた安堵に笑い、殺された夫のために涙を零したリグレシア。

すべての魔女には致命的な弱点があり、リグレシアの場合は自身の流す涙がそれだった。

『やめて、姉様。泣いたら消えちゃう!』

あのときのリグレンヌは半狂乱で、溶けていく姉にすがりついた。

願いは虚《むな》しく、リグレシアの顔も体もどろどろになって消えてしまった。

あれ以来、【終焉の息吹】を使おうとするたびに、リグレンヌの身は凍りつく。

同じことが起きるわけはないとわかっているのに、唯一無二の存在を失った恐怖が蘇り、魔力を放つことができなくなるのだ。

「姉様……どうして私を置いていったの……」

枕に顔を埋《うず》めて、いやいやをする子供のように頭を振って。

リグレンヌは奥歯を食いしばり、唇を噛む。

強く硬く瞼《まぶた》を閉じて、やるせない悲しみを震えながらやり過ごす。

リグレシアと同じ弱点を持つ彼女は、どれほど悲しくても一滴の涙も零せないのだ。

(どうしてこの人は、お母さんにそこまで執着するの……？)

疑問に思ってリグレンヌの記憶を遡れば、さらに多くのことがわかった。

物心ついた頃には、彼女は姉と二人きりで暮らしていた。

リグレシアは妹にとても優しかったし、頼りにもしてくれていた。我儘を叱られることもあったが、リグレンヌはリグレシアのことが大好きだった。

そんな蜜月がずっと続いたある日、リグレシアは妹の前で新たな召喚魔法に挑もうとした。

それはただの退屈しのぎで、自身の魔力を測る小手調べのようなものだった。

魔界や冥界から異形の生物を呼び出して、魔女としての力量を競い合うことは、姉妹の遊びのひとつだったのだ。

しかしその日、リグレシアは下手を打った。

召喚呪文を唱え、宙に生じた魔法陣から現れたのは、リグレシアの魔力では制御しきれない、巨大な冥府の番犬だった。

ケルベロスと呼ばれる漆黒の魔犬は、三つに分かれた頭部を振り立て、身のほど知らずの召喚者に襲いかかった。

『――姉様、危ない！』

リグレンヌの体はとっさに動いた。

ケルベロスと姉の間に飛び込んで、虹色に輝く魔力の障壁を張った。両手を突き出し、力技でじりじりと、魔犬を魔法陣へと押し戻す。

どうにか元の世界へ送り返したが、それは当時のリグレンヌにとって相当な無茶《むちゃ》だった。

異界に通じる魔法陣が閉じて、思わず安堵した途端、リグレンヌの視界は暗転した。

限度を超えた魔力を使った反動に、肉体も精神も活動を止めて――いわゆる仮死状態のまま、回復のための長い眠りにつくこととなったのだ。

けれど、リグレンヌは怖くなかった。

誇らしかったし、満足していた。

大好きな姉を自分は守れた。

この先何十年と眠り続けることになっても、リグレシアは自分を忘れないだろう。ずっとずっとそばにいて、目覚めを待っていてくれるだろう。

立場が逆だったとしても、自分ならそうする。

答えが返らずとも話しかけ、毎日髪を梳《す》いて、同じベッドで手を繋いで眠るのだ。

とてつもなく寂しいだろうが、いつかは終わる孤独だから。

自分はリグレシア以外の誰も必要としないし、姉にとってもそれは同じに決まっている。

だから——だから、まさか、あんな——。

「たかが、人間の男が……くだらない生き物に孕まされた子供のほうが、私よりも大切だったの……？」

（っ——……！）

悲痛な呟きに、ラーナは耳を塞ぎたくなった。

リグレンヌの嘆きが、喪失感が、我がことのように胸に迫った。

目覚めた瞬間、笑って迎えてくれると信じた世界に、愛した姉はいなかった。

遠い場所で新たな家族を作り、妹のことなど忘れたように幸せな暮らしを送っていた。

それはまるで、姉にというより、母親に捨てられた幼子《おさなご》が味わう絶望に近かっただろう。

実際にリグレンヌの心は、三百年以上を生きたとは思えないほど未熟で幼稚だった。

感情のままに行動し、欲望に忠実で、愛を乞うにしろ裏切られた復讐《ふくしゅう》を遂げるにしろ、加減というものを知らなかった。

（この人は、身を挺《てい》してお母さんを庇った。なのにお母さんは、リグレンヌが眠っている間に、お父さんと結婚して私を産んで……憎まれても仕方ないのかも……)

意識が同調しているせいか、リグレンヌへの同情心がふつふつと込み上げてくる。

そのままなら完全にリグレンヌに取り込まれ、ラーナという存在が消えてしまっていたかもしれない。――が。

「……何?」

枕に伏せていた顔を、リグレンヌがふいにもたげた。

眉根を寄せた表情に、さきほどの弱々しさはない。縄張りを荒らされた獣のように、剣呑《けんのん》で苛立たしげだ。

リグレンヌが宙を睨むと、目の前の空間が円《まる》く歪み、ここではない場所が映し出された。呪文も道具も使うことなく発動した遠見《とおみ》の術だ。

「まぁ……まさか、こんなにもたくさんのネズミが入り込んでくるなんてね」

呟くリグレンヌの視線を借りて、ラーナも目を凝《こ》らす。

(ここはどこ? なんだかたくさんの人がいるけど……)

暗くて全容を掴めなかったが、リグレンヌの思考を辿《たど》ると、どうやら王城の裏庭らしい。

堅牢《けんろう》な城壁の真下には、今は使われていない地下水路が通っており、万一のときのための逃走経路となっている。

そこを外部から逆に侵入してきた者たちが、偽装用に設置された枯れ井戸をよじ登って、続々と這い出してきているのだった。

年齢も、兵士としての熟練度もばらばらに見える男たちは、全員が武装していた。

その中心に立つ人物に、ラーナは驚愕《きょうがく》した。

(ガレオンさんと――ウィル⁉)

見間違いであってほしいと思ったが、それはまぎれもなく、ラーナがよく知る二人だった。

断片的な会話が聞こえてきて、彼らがここにいる経緯を把握する。

悪妃サミアこと、魔女リグレンヌに追放されたウィルゼイン王子を筆頭に、この国の腐敗を正すべく民たちは剣を取ったのだ。

(だからウィルは、私に睡眠薬なんて……!)

正直に「リグレンヌを討つ」と言われていれば、きっと危険だからと止めていた。ウィルの責任感や使命感を尊重したい気持ちはあれど、大切な人を失うのは両親だけで充分すぎる。けれど、どう言葉を尽くしても説得できないのだとすれば――。

「王子様まで担ぎ出して、ご苦労なこと」

リグレンヌが立ち上がり、豊かな銀髪を背に払った。

不快そうに尖っていた唇は、今は悪戯《いたずら》を企むように両端が吊り上がっていた。

「この間のお礼もしたかったところだし、好都合だわ。ネズミ退治には、そうね……私の可愛いペットたちにお相手してもらいましょうか」

リグレンヌが、ぱちんと軽く指を鳴らす。

瞬間、裏庭は阿鼻叫喚《あびきょうかん》の坩堝《るつぼ》と化した。

獅子に虎。羆《ひぐま》に狼。

魔力で操られた無数の猛獣が出現し、その場の人々にいっせいに襲いかかったのだ。

(やめて……!)

ラーナは声にならない叫びをあげた。

裏庭も恐怖の悲鳴に溢れ、獣の牙や爪に屠《ほふ》られた男たちの血飛沫《ちしぶき》が飛ぶ。

ウィルとガレオンは、混乱に陥る彼らを庇いながら剣を振るった。二人の雄姿に鼓舞《こぶ》された者たちが、気力を奮《ふる》い立たせて打ちかかっていくが、長くはもたないだろう。

(呑気《のんき》に寝てる場合じゃない!)

ラーナは己を叱咤《しった》した。実体があるのなら、自分の頬をぴしゃりと叩いていたところだ。

さっきまではただの夢かもと思っていたが、凄絶で生々しい光景に、現実以外の何物でもないと悟らざるをえなかった。

(起きろ、私! 早く、早く——誰でもいいから、私を叩き起こして、お願い……!)

◆◆◆

「ひぃ……うぁああっ……た、助けて……っ！」

恐怖にへたり込んだ青年の前に、立ち塞がる黒い壁。

それは後脚立った巨大な羆《ひぐま》だった。

丸太のような腕が振り下ろされる寸前、ウィルはその懐に飛び込んだ。

低い姿勢から剣を突き上げ、肋骨《ろっこつ》の合間を縫って心臓を貫く。致命傷になるよう、柄まで埋まった剣ごと、思い切り手首をひねった。

内臓の潰れる感触が伝わり、断末魔をあげる羆の口から、滝のような血と涎《よだれ》が滴《したた》る。それを頭から浴びるのも構わず、羆の息が完全に絶えるまで、両腕に力を込め続けた。

「あ、ありがとうございます、ウィルゼイン殿下……！」

ひれ伏して感謝する若者に、ウィルは黙って頷いた。羆一頭を仕留めたところで、猛獣の群れはどれだけでも湧いて出て、城内に攻め込むどころではなかった。

今頃リグレンヌは、ここではないどこかから高みの見物をしているのだろう。

（くそ、きりがない……！）

視界を遮る血を拭《ぬぐ》い、ウィルは舌打ちした。

戦闘が始まって、小一時間ほども経っただろうか。

レジスタンスたちの動きは疲労で鈍《にぶ》り、状況はより悪くなっている。訓練を重ねた兵士とは違い、普段は農夫だったり、商《あきな》いをしていたりする普通の人々なのだ。

このまま唯々《いい》諾々《だくだく》としていれば、真綿で首を絞めるように殺される。リグレンヌのせいで、家族や大切な人々が飢えて死ぬ。

そんな未来を回避しようと、志《こころざし》ひとつで蜂起した彼らを死なせるわけにはいかなかった。

同じ考えのガレオンも腹の底から声をあげ、獅子《しし》奮迅《ふんじん》の活躍で獣たちを薙《な》ぎ倒《たお》していく。

だが、かつての猛将も寄る年波には勝てなかった。激しく動きすぎて眩暈がしたのか、がくりと膝をついたところに、顎《あぎと》を開いた狼が迫る。

ウィルはとっさに、ガレオンと狼の間に割り入った。

剣を振るうのは間に合わず、頭をかばってかざした左腕に、狼の牙が食い込んだ。一拍遅れて、意識を焼き切るような激痛が脳天を貫く。

「……っ、……――！」

痛みで気絶する前に。

失血で命を落とす前に。

渾身の気力を振り絞り、左腕を餌に引きつけた狼の首を、自由のきく右手で掻っ切った。

激しい痙攣が伝わり、仕留めたと確信したときには、狼の死骸もろとも地面に倒れていた。

「殿下！　ウィルゼイン殿下……っ！」

ガレオンに必死で名を呼ばれるが、水底に沈んだように声が遠い。

無情な現実に、ウィルは薄く笑った。

（こんなものなのか……）

人々の期待を背負いながら、なんの成果もあげられず。

病に倒れた父親に、再びまみえることも叶わず。

最愛の女《ひと》と結婚式を挙げることもできないまま、呆気なく死ぬ羽目になるなんて。

（──どうせ死ぬなら、ラーナの腕の中で死にたかったな）

彼女を置いてきたのは自分のくせに、未練がましい本音が顔を出す。

流れる血とともに体温が失われ、目を閉じたウィルの耳に幻聴が聞こえた。

「ウィルの馬鹿！　死んじゃダメ──っ！」

（いや、『馬鹿』って。……罵倒って）

どうせ最期《さいご》に聞くのなら、もっと優しい言葉をかけてほしい。

うっすら目を開けたウィルは、己の生み出した幻覚につい文句を言いたくなった。

それにしても、突拍子もない幻だ。

カントリードレス姿のラーナが古びた箒《ほうき》に跨《また》がって、あっちにふらふら、こっちにぐらぐらしながら、夜空から舞い降りてくる。

箒の穂の部分にはクルトもしがみついていて、

「もっと安定して飛んでくれ……うぇえ、酔う……」

と、犬のように舌を出して喘いでいた。

「おい、なんだあれ?」

「若い女の子だ。結構可愛いぞ」

「箒で飛んでるってことは、ありゃ魔女か？　もしかしてあの子がサミア妃なのか?」

「思ってたのと違う……もっと胸がボン、腰がキュッ、尻もボボンッッっとしてるもんかと」

周囲がざわつき、暴れ回っていた獣たちまで、虚をつかれて空を見上げる。

人々の頭上までなんとか降下してきたラーナは、最後に気が抜けたのか、べしゃっ！　と糸が切れたように地面に落ちた。周囲の注目を集める中、鼻の頭をすりむいて、「いたぁー……」とべそをかいている。

ことここに至り、ウィルの意識の靄《もや》は一気に晴れた。腕の痛みも忘れ、勢いよく身を起こす。

「ラーナ？　本物なのか？　なんで……」

朝まで目覚めない量の睡眠薬を、口移しで飲ませたはずなのに。

「クルトが起こしてくれたのよ」

ラーナが服の袖をめくると、そこには無数のひっかき傷があった。

「夢の中で、ラーナが叩き起こせって叫んでたからな」

使い魔とその主《あるじ》には、特別な絆がある。眠りながら助けを求めるラーナの声が聞こえたのだと、クルトは気だるそうに説明した。

ひっかかれた痛みで目覚めたラーナは、大量の水を飲んで薬の効果を薄め、覚束《おぼつか》ない飛行術でここまで飛んできたのだという。

さらには、ラーナが見た夢の内容を聞かされ、ウィルは呆気にとられた。

(リグレンヌの意識と同調した？　もしかして、それもあの魔女の罠なんじゃ……)

ラーナに危害を加えようと、わざと夢を見せて呼び寄せたのでは。

だったら、飛んで火に入る夏の虫だ。思わず尋ねる声が険しくなる。

「どうして来たんだ」

「ウィルが大馬鹿だからでしょ！」

間髪を容《い》れず叫んだラーナに、襟首を摑んで引き寄せられた。

吊り上がった瞳には、今にも決壊しそうな涙の膜が張っていた。

「私一人だけ除《の》け者にして、リグレンヌを倒そうだなんて！　どうしてもっていうなら私もやるわよ。あの人は両親の仇で、私の身内でもあるんだから。どうにかする責任があるっていうなら、私だってそうなんだから！」

そこまで叫んで、ラーナはとうとう涙を零した。

「ごめん……ごめんね……」

と、何度もしゃくりあげながら繰り返す。

「私、弱くて……ウィルを失うのが怖くて……リグレンヌから逃げることしか考えてなかった。だけど、ウィルが勇気を出して立ち向かおうとしてるのに、自分だけ安全な場所にはいられない。情けない半魔女《ハーフ・ウィッチ》だけど、できることをしにきたの」

きっと顔を上げたラーナは、もう泣いてはいなかった。

意を決した表情でウィルの傷口に手をかざすと、ひと息に呪文を紡いだ。

「――この世《エラン・デュラ・》にたゆたう万物の生命の粒子《マルクリオス》よ。今ここに集い《サルマ・カーン》、この者を癒せ《ネイサーフ》」

周囲の人々がわっと声をあげ、ウィルも目を瞠《みは》った。

ラーナの掌から温かな金色《こんじき》の光が溢れ、狼の牙で裂かれた皮膚が再生していく。凹凸《おうとつ》だらけの壁に、新しい漆喰《しっくい》を塗り込めるように。

傷を癒し終えたラーナが、大きな息をついた。

「腕、ちゃんと動く？　痛くない？」

「動くけど……──おい！」

ぐらりと傾いた体を、ウィルはすんでのところで抱きとめた。額やこめかみに大粒の汗が浮き、胸が荒く上下している。

「はは……慣れないことすると駄目だね……お母さんならこれくらい、鼻歌歌いながらできたんだけど……」

半魔女《ハーフ・ウィッチ》であるラーナの魔力は貧弱で、すぐに底をついてしまう。呪文を正確に唱えられたところで、成功率は限りなく低い。

だから、今のは火事場の馬鹿力だ。ウィルを救いたい一心で集中力を高めたものの、その分だけ心身が消耗している。

こんなことがいつまでも続くわけはないのに。

「私、行くね」

ラーナが目を向けた先は、負傷した男たちだった。

「あの人たちを助けてくるから、ウィルも頑張って。……負けないで」

ウィルの肩を支えにして、ようやく立ち上がって。

緊迫した空気を和《やわ》らげるように、ウィンクをひとつして。

「皆を守って戦う姿、すっごくかっこよかった」

そんなことを言われたら、到底後には引けなくなる。

「——そっちこそ、絶対に無理はするなよ！」

走り出すラーナの背に叫び、ウィルもまた剣を構え直した。

◆◆◆

人と獣が再び入り乱れる裏庭を、ラーナはコマネズミのように駆け回り、負傷者の回復に当たった。

「エラン・デュラ……マルクリオス、サルマ……カーン、ネイサーフ……！」

何十回目かの呪文を唱えると同時に、目の前が白と黒に明滅する。

そのまま倒れ込みそうになって、ラーナは小刻みに頭《かぶり》を振った。

(大丈夫。私は死なない。……死ねる体じゃないんだもの)

短時間で同じ術を何度も使い、コツを覚えたのか、成功率が高まっている。

それ自体は喜ばしいが、許容量を超える魔力を汲《く》み上げ続けたせいで、息は乱れ、四肢は重く、今にも意識が途切れそうだった。

それでも、回復魔法を使えるラーナが現れたためか、皆の士気は上がっている。

ウィルとガレオンも、一騎当千の勢いで押し寄せる猛獣を薙《な》ぎ払《はら》っていた。少しずつだが、包囲網を突破して城内に押し入る目途が見えてきた。

(いけるかもしれない。私ももっと頑張らなきゃ……!)

「もうやめろ」

次の怪我人《けがにん》のもとに向かおうとするラーナの耳元で、引き留める声がした。

争いの最中で踏み潰されないよう、ラーナの肩に乗っていたクルトだ。

「魔力はとっくに限界なはずだ。ここまでにしとけ」

「ううん、平気。まだやれる」

「馬鹿言うな。無茶しすぎたら、二度と魔法を使えなくなる、ぞ――……っ⁉」

クルトの全身の毛が逆立った。

同時に、ラーナも周囲の温度が一気に下がったように感じた。

「思った以上に粘るじゃない。そこまで私に構われたいなら、お相手してあげなきゃね」


その場の全員が同じ一点を見上げ、恐怖に凍りついた。

風もないのに逆巻き、うねる銀髪。

地上を睥睨《へいげい》する、冷ややかな翡翠の瞳。

城の屋根に腰かけて、真紅のスリットドレスから伸びる脚を組んだ艶冶《えんや》な美女は。

(リグレンヌ——……!)

ラーナの胸には複雑な感情が湧いた。

恐れもある。

両親を殺された憎しみもある。

けれど、さっきの夢の記憶を思えば——何故あんな夢を見たのかはいまだに謎だし、彼女の過去が事実である証もないが——このままリグレンヌに刃《やいば》を向けるのは躊躇《ためら》われて。

その隙にリグレンヌは、高らかに宣言した。

「さぁ、とっておきの遊びを始めましょう」

オーケストラの指揮でも取るように、赤く塗られた爪先が優美にひらめく。

そこから放たれる蒼《あお》の光が、輝きながら図形を描《えが》いた。ラーナには一切読み解けない、高度な構成の魔法陣だ。

「おいで。――今の私なら、姉様よりも上手にあなたを召喚《よべ》る」

その言葉に、「まさか」と戦慄を覚えたときには術式は完成していた。

宙に描かれた魔法陣が拡大し、ひときわ強く光って、嵐のような突風が吹き抜けた。

「っ……――ラーナ!」

背後にたたらを踏んだラーナを、ウィルが抱き込んで地面に伏せる。

踏《ふ》み留《とど》まれなかった人も獣も、いっしょくたに飛ばされて城壁に叩きつけられた。折り重なった彼らの中に、ガレオンの姿もあってぞっとする。

助けにいきたいが、今はウィルと抱き合い、地面にしがみついているのが精一杯だ。

荒れ狂う風の中で薄目を開ければ、予想どおりの光景に肝が冷えた。

(あれが、ケルベロス――……)

魔法陣から後先《あとさき》に出《い》でんともがいているのは、太い首から三つに分かれた犬の頭だった。

合わせて六つの瞳は紅玉髄《カーネリアン》のような赤に燃えていて、理性も知性も感じられない。

ガチガチと牙を鳴らす三つの口から、生臭い唾液が滴《したた》った。酸か毒でも含んでいるのか、地面に生えた下草がじゅっと音を立てて焼けた。

「どう？　冥界の番犬なんて、あんた程度の魔女じゃ見たこともないでしょう？」

屋根の上のリグレンヌが、ラーナを見下ろして嘲笑《あざわら》った。

自分はとっくに姉を超えたのだという驕《おご》りを、全身から撒《ま》き散らさんばかりだった。

産道を通るようにもがくケルベロスの肩が、とうとう抜けた。

役目を終えた魔法陣が消《き》え失《う》せ、巨大な魔犬が大地に降り立つ。地響きを鳴らし、こちらに向けて一直線に駆けてくる。

「逃げろ、ラーナ」

震えるラーナの前に、ウィルが立ち塞がった。

「俺があの化け物を食い止める間に。リグレンヌのことも――刺し違えてでも、絶対にどうにかするから」

「……ウィル！」

止める間もなく、ウィルは地面を蹴った。

疾走するケルベロスの、柱ほどもある前脚。その肘関節《ちゅうかんせつ》を踏み台にさらに跳躍し、全体重を乗せた剣を振り下ろす。

首を斬りつけられたケルベロスが、三重の咆哮《ほうこう》を響かせた。手応《てごた》えこそあったが、分厚い毛皮に阻《はば》まれて致命傷にはいたらなかったようだ。

諦めるか、とウィルの唇が動くのが見えた。

巨大な魔物の背を、脛を、脇腹を。

うなりをあげる牙や前脚をかわしながら、何度でも繰り返し斬りかかる。ケルベロスが暴れるたびに灌木《かんぼく》が踏み潰され、城壁が崩れて、土埃《つちぼこり》がもうもうと宙を舞った。

圧倒的に不利な状況だったのに、粘り強い攻撃が功を奏し、魔犬の動きが少しずつ鈍り始めた。三つの頭のひとつによじ登ったウィルが、その眉間を貫くと、巨体がどうと倒れ、地震さながらに大地が揺れる。

投げ出されたウィルは内臓を強く打ったのか、起き上がれずに咳き込んで血を吐いた。

「殿下をお助けしろ！」

ガレオンの声に、まだ動ける者たちが気力を振り絞って駆け寄った。倒れたケルベロスに蟻のように群がり、無我夢中で剣を振るう。

肉を斬られ、腱《けん》を断たれた魔犬がのたうち、その傍らに横たわったウィルは、すでに死んだ者のように動かなかった。

「ウィル……っ」

立ち上がろうとして、ラーナの膝はがくりと折れた。

さきほど回復魔法を乱発した反動が、ここにきてついに無視できなくなってしまった。

（このままじゃ、ウィルが死んじゃう……あと一回……一回だけでいいから……！）

集中しなければと思うほど思考が乱れ、奥歯ががちがちと鳴る。

そんなラーナを見下ろすリグレンヌが、ふと思いついたように呟いた。

「【終焉の息吹】は効かなくても、別の方法で殺すことはできるのかしらね？」

試す価値はあるとばかりに左腕を突き出し、右腕で弦《つる》を引き絞る動きをすると、魔力で具現化した弓矢が現れた。

身を強張らせたラーナに向けて、その矢が放たれる。

空を切る音にウィルがはっと目を開き、身を起こそうとするが間に合わない。

「……ラーナ！」

尖った鏃《やじり》がラーナの胸を貫き、鮮血が散った。

地面に這いつくばったウィルの角度からはそう見えた。

実際にはその寸前に、身を挺《てい》してラーナを庇った者がいたのだが。

「……っ、クルト……？」

ラーナは愕然として、脇腹に矢を受けた黒猫を抱きとめた。

クルトが荒い息をつくたび、傷口から湯水のように溢れた血が被毛を濡らす。力なく四肢を投げ出した体は、いつもよりずっと重く感じた。

「なんで……どうして、こんな……っ」

リグレンヌに射られたところで、不老不死の自分は死ぬことだけはなかったはずだ。

それを知っているはずのクルトが、何故。

「ラーナ……オレ、わかった……今……」

もはや目が見えないのか、クルトの視線はラーナの顔からずれた位置を向いていた。

「オレな……生まれたときからずっと、誰かを探して……親や兄弟と別れて、あちこち旅して
……ラーナに出会ったとき、こいつだ、ってひらめいたんだ……俺は、こいつを守るために生
まれてきたんだ……って……」

「喋らないで、クルト。今、怪我を治すから。私、ちゃんと治せるから……！」

ラーナは早口で呪文を唱えた。一言一句間違えず、最後まで唱えられたはずだ。

けれど、かざした掌は光らない。

悲鳴のような声で何度も呪文を紡ぐが、完全に尽きた魔力は発動しない。

「そのとき……ラーナの使い魔になるんだって、決めたときな……」

息も絶え絶えになりながら、クルトは喋ることをやめなかった。

「『また会えた』って声が聞こえた……『今度こそ、この子を私が守る』って……『私』って
誰だよ？　って思うよな。俺の中から聞こえたのに、その声は俺じゃなくて……でも、その誰、

かの気持ちだけはすごくわかって……最近、その声がまた聞こえ始めたんだ。あれ、は――」

クルトの瞳がふっと濁り、上下していた胸が動きを止めた。

それを最後に、小さな体から魂が離れるのが分かった。

「やだ！　嫌だ！　お願い、クルト、行かないで……！」


叫んだ瞬間に世界が裏返り、ラーナは真っ白な虚空に引き込まれた。


（え……？　ここ、どこ……？）

天も地もない。

ウィルもリグレンヌもガレオンも、襲ってくる獣の姿もない。

白一色に塗り潰された不思議な空間で、思いがけない人の声がした。

『やっと会えたわね』

ラーナは耳を疑った。

どれだけの月日が経っても、温かなこの声を聞き間違えるわけもないのに。

目を凝《こ》らした端から、周囲にたちまち色が生まれる。

木目の床に敷かれた、すりきれたラグ。キルトのカバーがかかったソファに、幼い頃の自分が遊具代わりにしていた揺り椅子。

（……昔の、私の家だ）

階下では父が食堂を営んでいた。いつでも美味しいものの匂いが漂う、懐かしい我が家。

二度と戻れないと思っていたその場所で、ラーナは一人の女性と向き合っていた。

ゆるく波打つ銀髪はリボンで束ねられている。

小花模様のワンピースの上には、父とラーナが贈ったエプロンを身につけている。

慈愛に溢れた笑顔を浮かべ、その人は両手を広げた。

『――おいで、ラーナ』

「お母さん……！」

ラーナは我を忘れて母の胸に飛び込んだ。

たとえこれが幻で、リグレンヌの罠であったとしても、そうせずにはいられなかった。

「会いたかった……会いたかったの、お母さんに、私、ずっと……！」

『私も会いたかった。ラーナのことをずっと見てたわ。頑張ったわね。……本当に頑張った』

声を限りに泣きじゃくって、子供の頃のように頭を撫でられて。

激情がようやく落ち着いたとき、ラーナは嗅いだ。

日向《ひなた》に干した毛布の匂いと、焼き立てのパンの匂いが混ざったような、なんとも胸を幸福にさせる香りを。

「この匂い……――もしかして、クルト？」

どうして母からこんな香りがするのだろう。

疑問に思って顔をあげれば、リグレシアが『そうよ』と頷いた。

『さっきまで、私はあの猫《こ》の中で眠っていたの』

「――え？」

『どう言えばいいのかしらね。前の体で死んだあと、猫として生まれ変わったんだけど、前世の人格や記憶は封じられてたっていうか……』

曖昧に語られるところによれば、百二十年前に死んだリグレシアは、気づけば魂だけの状態になってさまよっていたらしい。

誰の目にも映らず、話しかけても気づいてもらえない。

森で一人暮らしを始めた当時のラーナを見つけても、それは変わらなかった。

「お母さん、来てたの？　いつ⁉　言ってよ！」

『だから、声をかけてもわかってもらえなかったんだってば』

こんな状態になったのは、深い心残りがあるからに違いなかった。

たった一人でこの世に残してしまった娘。

己の守護魔法と【終焉の息吹】が予想外の反応を生んだ結果、望まぬ不老不死となったラーナの行く末が、心配でならなかったからだ。

『もう一度だけ、ラーナのそばで生きたかった。母親としてじゃなくても、あなたを見守れるならなんでもよかった』

その願いが聞き届けられたのだろうか。

リグレシアの魂は、これから生まれようとする子猫に引き寄せられた。使い魔の素質を持つ猫の体を器《うつわ》として、再び生まれ直したのだ。

「それが、クルト……?」

『そう。だけど生まれるときに、私の魂とあの子本来《クルト》の魂が混ざり合っちゃって』

クルトと一体化したリグレシアは、つい最近まで自分がラーナの母であることを忘れていた。

前世の記憶がうっすらと戻り始めたのは、リグレンヌの操る怪鳥《けちょう》が襲ってきた夜だ。妹の魔力を間近に浴びることで、封じられていたリグレシアの人格が揺り起こされた。

完全に覚醒したのは、矢に射られようとするラーナを庇ったとき。

たとえ不老不死であろうと、我が子が傷つけられる様を見ていられないと焦る母心が、クルトの体を衝《つ》き動かした。

器である猫の命が失われることで、リグレシアの魂も解放された。

今いる場所は時空の狭間で、ここにいる限り、現世の時間は止まった状態だという。

「じゃあ……クルトはもう、どこにもいないの……？」

母に再会できたことは嬉しいが、あの小生意気な黒猫が消えてしまったのだと思うと、身を切られるような喪失感に襲われる。

『言ったでしょう。私の魂とクルトの魂は同化してるの。この姿だって、しょせん仮のものだから——ほら』

リグレシアがくるりと回ると、その体がみるみる縮んで見慣れた猫の姿に変わった。

「クルト！」

ラーナは膝をつき、照れたようにそっぽを向くクルトを抱き上げた。

魂だけの存在とは思えないくらい、もふもふして温かい。お腹に顔を埋《うず》めれば、猫毛に鼻腔をくすぐられて、立て続けにくしゃみをしてしまう。

『汚ねぇな、鼻水飛ばすなよ』

「いいじゃない、それくらい！　……ねぇあんた、クルトなの？　お母さんなの？」

『何度言わせるんだよ。どっちもだ』

「そっか……だからずっと、あんなに口うるさかったんだ」

部屋を片づけろだの、寝間着のままダラダラするなだのと口出しする様子は、確かに母親っぽかった。

『喜んでるとこ悪いけどな。この空間はそんなにもたない』

母であり、クルトでもある猫は冷静に告げた。

『魂を封じてた体が死んで、俺もリグレシアも、今度こそ行かなきゃいけないんだ。——泣くなって！』

怒鳴られて、半泣きになりかけたラーナの肩はびくっと揺れた。

『半魔女《ハーフ・ウィッチ》のお前にできることは限られてるし、正直、心配でたまんねぇ。だけど、ラーナにはもう、オレよりも母親よりも大事なものがあるだろ？　ウィルを守るためなら、なんだってできるよな？』

「……うん」

決意を込めて頷くと、クルトの輪郭が揺らいで、再びリグレシアに戻った。

『ねぇ、ラーナ。お母さんね……あなたの他に、もうひとつ心残りがあってね……』

申し訳なさそうに口ごもる母に、ラーナは言った。

「わかってる。だから私にあんな夢を見せたのね？」

夢の中でラーナをリグレンヌに憑依させたのは、きっとリグレシアだ。

リグレシアの存在が媒介となって、妹であるリグレンヌの記憶と想いが、ラーナの中に雪崩《なだ》れ込んできた。

「いいよ、お母さん」

母が何を言おうとしているのか、言葉にせずともラーナはわかった。

さきほどとは反対に、今度はラーナがリグレシアに向けて両手を広げた。

「最後なんだから、後悔のないようにして。そのために使っていいよ。——私の体を」

◆◆◆

リグレンヌは動揺していた。

ラーナに向けて放った矢は、寸前で飛び込んできた猫の身を貫いた。あの娘の使い魔だ。

それくらいの計算違いはなんでもない。狙いを定め直し、もう一度ラーナを射ればいい。

——けれど。

「ラーナ……オレ、わかった……今……」

クルトと呼ばれた猫が、何かを喋っている。距離があるせいではっきりとは聞き取れないが、
気になったのは別のことだ。

流れる血とともに、体を離れようとする魂の色——それはまぎれもなく、リグレンヌの知る

ものだったから。

「――姉様？」

呟いた自分の声に、いっそう狼狽《うろた》える。

さっきまで、あの猫はただの猫だった。人の言葉を話せるだけの、大した魔力も持たない下級の使い魔。

そんなものに、リグレシアの魂が宿っていたなんてことが。

（……ありえる？）

可能性がないことはない。

百二十年前に死んだリグレシアの魂が、あの猫を器に生まれ変わったのだとすれば。

「喋らないで、クルト。今、傷を治すから。私、ちゃんと治せるから……！」

ラーナが癒しの魔法を使おうとするが、とっくに魔力は尽きているようだった。

猫がさらに何かを喋った。その直後、リグレンヌは激しい違和感を覚えた。

ほんの一瞬、周囲の空気が歪んだような。

連続した時の流れに、目に見えない断裂が生じたような。

気のせいかと思ったとき、首を垂れたラーナが立ち上がった。

動かなくなった猫を抱えて、胸から腹にかけてを血に染めて。

ゆっくりと顔を上げた彼女と目が合い、リグレンヌは息を呑んだ。

使い魔を殺されたというのに、ラーナは微笑んでいた。

悲しみのあまりおかしくなったのかと思ったが、こちらを見上げる視線はしっかりしている。


「久しぶりね、リグレンヌ」


語りかけられ、リグレンヌは雷に打たれたように立ちすくんだ。

語尾を柔らかく下げるその話し方は、思い出の中で何度も聞いた。

「私が誰だかわかる？」

（嘘――……）

リグレンヌは懸命に気配を探った。

さきほど感じた魂の波動。今はラーナの中にそれを感じる。

――本当だろうか？　わからない。混乱しすぎているせいかもしれない。

助けを求めるように、リグレンヌは周囲を見回した。味方など誰もいないというのに。

「……ラーナ？」

地面に膝をついたウィルゼインが、呆然と呟いた。

ラーナの姿をした「誰か」は彼のもとに歩み寄り、息絶えた猫を差し出した。

「抱いててあげて」

面食らうように受け取ったウィルゼインが、

「ラーナなのか？　違う……のか……？」

と確信の持てない目で恋人を見つめる。やはり彼も違和感を覚えているのだ。

ラーナが軽く地面を蹴ると、その体はふわりと宙に浮いた。リグレンヌがいる屋根の端に降り立ち、危なげもなくこちらに歩いてくる。

半魔女《ハーフ・ウィッチ》でしかないラーナなら、呪文詠唱もなしにこんなことができるわけがない。

一歩一歩距離を詰められ、リグレンヌは逃げ出したい思いに駆られた。

あと半歩でリグレンヌを抱きしめることも、首を絞めることもできるというところまで近づいてラーナが口を開いた。

「ずっと言いたかったことがあるの」

どんな恨み言が飛び出すのかと身構えたリグレンヌに、彼女は告げた。

「――ごめんね、リグレンヌ」

ずっと聞きたいと願っていた姉の口調で。

含むところなど何もない、痛ましそうな表情で。

「寂しがりやのあなたを一人にさせたこと……あなたを置き去りにして、新しい家族を作ったことも。リグレンヌは、私を守ろうとして眠りにつくことになったのに」

「恨んでないの……？」

尋ねる声はかすれ、震えていた。

「私は、姉様の家族を……大事なものを滅茶苦茶にしたのに、どうして姉様が謝るの……？」

「寂しさに耐えられなかったのは、私も同じだから」

娘《ラーナ》の身を借りたリグレシアは、自嘲的に微笑んだ。

「私たち、ずっと二人きりで生きてきたわよね。リグレンヌが私を必要としてくれるのが嬉しかったし、私もあなたがいないと生きられないと思ってた。あなたがいつ覚めるかわからない眠りについていて、最初のうちはいつまでも待とうと思っていたの」

リグレシアは「でも……」と後ろめたそうに瞼《まぶた》を伏せた。

「駄目だった。あなたのことが大事な分だけ、以前みたいに話せないことがつらくて……一人で過ごす夜が、たまらなく怖くて……」

だからリグレシアは人里に下りた。

人間の男と恋に落ち、妻となって子まで儲《もう》けた。

「結婚も子育ても、やってみたら驚きの連続だった。夫のことも娘のことも、びっくりするくらい愛しくてたまらなかった。だからって、あなたのことを忘れたわけじゃない。リグレンヌが目覚めたら、四人で一緒に暮らしたいと思ってたのよ」

「……嘘」

リグレンヌは顔を歪めて後ずさった。

「嘘……嘘……私が、姉様の一番でいられなきゃ嫌だって知ってたくせに、勝手なこと言わないでよ……！」

「そうね。あなたはそういう子だった。だから私も、そこまで慕ってくれるあなたのことが可愛くて仕方なかったの」

「やめてよ、後悔なんてさせないで！」

「後悔？」

「ね、姉様の結婚相手を殺したこと……っ」

混乱の極みに、リグレンヌは声を上擦らせた。

「あのとき……もう少し冷静になれてればって、何度も考えた……怒りにまかせて、取り返しのつかないことをしちゃったって……姉様の一番でいられないのは嫌だけど、姉様自身を失うことに比べたら、二番目でも三番目でも我慢するしかなかったのに……！」

百二十年間、胸に押し込めていた悔恨を吐き出し、リグレンヌは屋根の上でうずくまった。

その肩にそっと、温かい掌が触れた。

「……ずっと苦しかったのね」

覆いかぶさるように抱きしめられて、リグレンヌは息を詰めた。

体はラーナのものでも、姉にまた抱きしめてもらえる日が来るなんて、想像もしていないことだった。

「誰にも言えない後悔を抱えて、苦しくて……だから、悪いことをいっぱいしたの？　退屈しのぎでも、王妃になって贅沢をしてみたかった？　だけど、それは楽しかった？」

震える背中を、リグレシアが優しく撫でる。

言葉に責める響きはなく、あくまでもリグレンヌの孤独に寄り添おうとするものだった。

「……楽しく、なかった……姉様がいなくなってから、本当に楽しいと思えることなんて、一度もなかった……！」

リグレンヌは吼《ほ》えるように叫んだ。

高価なドレスも宝石も、美食も性の快楽も、虚《うつ》ろな心を満たすことはできなかった。

姉と同じように、人間の男と暮らす平凡な幸せとやらを試してみようとしたこともある。

けれど、ほんの少しでも安らぎめいたものを覚えた途端、姉を死なせた罪悪感が込み上げて、こんな自分が幸せになる資格はないと、関係を絶つことの繰り返しだった。

「姉様は、私がいなくたって幸せになれたんでしょう？　だけど私は無理だった。一体どうしたらよかったの？　これからどうやって生きればいいの……!?」

「リグレンヌ。私は確かに夫と娘を愛してた」

髪を撫でられ、リグレンヌは顔を上げた。

ラーナの顔をしたリグレンヌが、懺悔《ざんげ》するように告げた。

「だからって、あなたをいらなくなるわけないじゃない。欺瞞《ぎまん》に聞こえるかもしれないけど、愛する人に順番をつけるなんてできないの。私は今でもリグレンヌのことが大好きよ」

「……本当に？」

「ええ」

「姉様の夫を死なせたのに？」

「それは正直怒ってる。だから向こうで謝って。心を込めて謝れば、あの人もきっと許してくれるわ」

「そんな都合のいいことある……？」

「あるの。私が惚《ほ》れ込んだ、すごく優しい人だから」

呆然とするリグレンヌに、リグレシアは改めて「ごめんね」と詫びた。

「孤独に弱い私と双子のあなたが、同じくらい寂しがりやだってことはわかってたのに、勝手なことをした私も悪かった。だから、もう我慢しないで。——リグレンヌは、ずっと泣きたかったのよね？」

「ぁ……あぁ……っ」

リグレンヌの喉から嗚咽《おえつ》が漏れて、それはすぐに慟哭《どうこく》に変わった。

リグレンヌはリグレシアの双子の妹だ。

姉の弱点がそのまま、自分の弱点だということだ。

だからずっと耐えてきた。

孤独と後悔に押し潰されそうになっても、決して泣きはすまいと。それはすなわち自殺と同じだから。

——けれど。

「姉様、お願い、そばにいて……もう私を置いていかないで……！」

溺れる人のように、リグレンヌは姉にしがみついた。

頬を伝う涙が熱い。比喩でなくじゅくじゅくと肌を焼き、肉も骨も無惨に溶かしていく。

「いるわ、リグレンヌ。これからは、ずっと一緒にいる——……」

リグレシアの瞳も潤み、涙を零していた。

体はラーナのものだから、同じように溶けることはないが、自分のために姉が泣いてくれているのだと思うと、生まれてから一番の幸福感に満たされた。

「うあぁっ……あああっ……！」

もはや目の前もよく見えない。自分がまだ人の形を保っているのかもわからない。

けれど、とても気持ちがよかった。

思いのままに声をあげ、涙を流す行為が、こんなにも解放感のあることなのだと知れてよかった。

「一緒にいて……大好き、姉様……」

微笑みながらの呟きが最後だった。

長年の罪を許された稀代の悪女リグレンヌは、最愛の姉の腕の中、跡形もなく溶けて消失したのだった。

（7）外堀を埋められながらも幸せです

「ラーナ様。昨日の歴史学の宿題は、当然すんでおいでですね？」

銀縁眼鏡を光らせた中年の女教師が、書き物机に広げられたノートを覗き込む。

机の前に座ったラーナは、寝不足ゆえの欠伸《あくび》を噛《か》み殺して、

「はい、先生」

と殊勝《しゅしょう》に答えた。

歴史に経済に各国の言語。古典詩や文学の解釈に、社交に欠かせないマナーの習得。

ここ半月ばかりの詰め込み教育ぶりといったら、珍味となる肝臓を肥大させるため、大量の餌を無理矢理に与えられるガチョウもかくやだ。

「ふむ、合っていますね。やればできるではありませんか。最初の頃は、そちらのバルコニーからしょっちゅう脱走しようとなさってましたのに」

「私一人を捕まえるために、お城の兵隊さんを総動員させるのはさすがに申し訳なくて……」

そう言うだけでもあばら骨のあたりが苦しく、ラーナは溜息をついた。

侍女たちが着せてくれたラベンダー色のドレスは、幾種類ものレースとビーズが多用された夢のように繊細な代物だ。

が、その下に装着させられたコルセットとやらは、凶悪な拷問器具にも等しい。森の暮らしでは、体を締めつけないカントリードレスで気ままに過ごしていたからなおさらだ。

「では、本日はこちらを暗記なさっていただきます」

どん、と机に置かれたのは、カルナードの主要な貴族の名前と似顔絵、これまでの功績や王家との関係性が記載された名鑑だった。ざっと見ただけでも百人は下らないし、その家族までもとなれば気が遠くなる。

「これを全部覚えるんですか?」

「全部です。ご婚約披露のパーティーには、ここに載ったほとんどの方が招かれるのですよ。ラーナ様のほうから名前を呼んでお声をかけて差し上げれば、きっと感激なさるはずです」

それが、のちのちのラーナの立場にも影響していく――と女教師の目は告げていた。教え方は容赦ないが、この城の中において彼女が味方であることは間違いない。

「……わかりました、努力します」

観念して名鑑を開いたところに、ノックの音が響いた。「どうぞ」と言うと扉が開き、見知った顔が現れる。

「ずいぶんと絞られているようですな、ラーナ様」

「ガレオンさん！」

タイミングの良い来客に、ラーナは喜色満面で立ち上がった。

二人にしてほしいという空気を察した女教師が肩をすくめ、「三十分だけですからね」と言い残して部屋を出て行く。

「どうぞ、座ってください。ガレオンさんほどじゃないけど、私も大分上手にお茶を淹《い》れられるようになったんですよ」

今後は貴族のご婦人方を集めてサロンを開き、主催者であるラーナ自らお茶を振る舞う場面もあると教えられた。

ガレオンを長椅子に座らせて、ラーナはいそいそと茶を淹れた。金彩の映《は》える白磁のカップに口をつけると、彼は感心したように息をついた。

「これはなかなか。ラーナ様のお茶を飲ませていただけるとは光栄ですな」

「その『ラーナ様』っていうのやめません？　前みたいに普通に話してほしいんですけど」

「そういうわけにもいかんでしょう。ラーナ様は、これからウィルゼイン殿下のお妃になられる方なのですから」

（おきさき、ねぇ……）

いまだに馴染めないその響きを、ラーナは胸中で繰り返した。

悪名高いサミア妃の正体が、リグレンヌという名の魔女であったこと。

それを討伐したのが、行方知れずの王子率いるレジスタンス集団だったという噂は、瞬く間に広まった。

王子の傍らには、同じ魔女でも癒し手として活躍した娘がいて、彼女は王子の恩人かつ想い人だったという話も含めてだ。

長患《ながわずら》いの原因はやはり呪いだったのか、リグレンヌの死後、病に伏していた国王は憑《つ》き物《もの》が落ちたように快復した。

十年以上ぶりに再会した息子に、国王は涙を流して詫びた。リグレンヌに誑《たぶら》かされ、政《まつりごと》を投げ出したのみならず、我が子を幽閉した愚行を。

『いまさら儂が玉座に戻るより、民は救国の英雄が王となることを望むだろう。ふがいない父に代わって、どうかこの国を継いではくれないか？』

ぜひともそうしてほしいという周囲の圧もあり、ウィルは首を縦に振らざるをえなかった。

ただし、

『この機会に妻に迎えたい女性がいるのです。それをお許しいただけるなら』

と、皆の前でしっかり言質《げんち》をとった上でだ。

「お妃になるなんて責任重大な話が、事後承諾なのひどくないです？　まぁ、戦いの後で延々寝こけてた私も悪いんですけど……」

茶を飲むガレオン相手にラーナは愚痴った。

あの日、母に体を貸してからのことは、ぼんやりとしか覚えていない。

気づいたときには、腕の中で泣くリグレンヌがその身を溶かしていくところだった。

それと同時に、自分に宿った母の魂が離れようとしていることを感じた。今度こそ永遠のお別れなのだ。

『――最後に、おまけね』

茶目っ気のある声が響いたのを最後に、意味を尋ねる間もなく、ラーナは気を失った。回復魔法の乱発で消耗しきった体は、目覚めるまでに三日もかかった。

その間にウィルが国王となることも、ラーナが彼の妃になる段取りも整えられていた。別の言い方をすれば、「外堀を埋められた」だ。

「豪華な部屋で目覚めるなり、侍女さんたちに囲まれて『ご結婚おめでとうございます、王妃様！』なんて言われたら、腰抜かすどころじゃないですよ。頭がくらくらして、またしばらく寝込みそうだったし……ついでに、ガレオンさんは私の義理のお父さんになってるし」

「嫌でしたかな？」

「そういうわけじゃないですけど！」

即座に否定すると、ガレオンは相好を崩した。

以前の偏屈な面影が拭《ぬぐ》われたその顔を見ていると、「これはこれでよかったかも？」という気になるから、我ながら流され体質だと思う。

ウィルの妻となるにあたり、それなりの身分はあるに越したことはないらしく、ラーナはガレオンの養女として迎えられることが決まっていた。

ガレオン自身は甥に家督を継がせているが、その甥というのがザファル侯爵だ。つまりラーナは一夜にして、侯爵の従兄妹《いとこ》という立場を手に入れたことになる。

「この件に関しては、以前よりウィルゼイン殿下に頼まれていましたから。正確には、ラーナ様を養女にすることを条件に、殿下はリグレンヌ討伐の意志を固めてくださったのですよ」

「はい？」

寝耳に水な情報が、またひょっこり出てきた。

民のためにと挙兵を促すガレオンに、ウィルはこう言ったらしい。

『リグレンヌを倒したとしても、前みたいにラーナと森で暮らすことを許してはもらえないんだろう？　どうせ城に縛られるなら、ラーナを堂々と妻にするくらいの役得がないと報われない。彼女が半魔女《ハーフ・ウィッチ》であることや、身分についてあれこれ言う輩《やから》は排除するにしろ、本人の耳に入ってからじゃ遅いんだ。ラーナを守るために、お前も力を貸してくれ』と。

呆気に取られるラーナに経緯《いきさつ》を話し終え
「ご馳走様《ちそうさま》でした。次はぜひ、『お養父《とう》さん』と呼んでいただきたいですな」

と、ガレオンは笑って退室した。

教師が戻ってくるまでだと言い訳し、ラーナは行儀悪く長椅子に突っ伏した。

「ウィルったら……用意周到っていうか、抜け目ないっていうか……」

溜息をつきながら、彼と最後に話したときのことを思い出す。

ラーナが目覚めてすぐに、ウィルはこの部屋にやってきた。

眠っていた間に決まったあれこれを説明され、面食らいっぱなしのラーナに彼は尋ねた。

『あの晩、裏庭にいた皆と俺の記憶が違ってるんだ。リグレンヌは自分の涙に溶けて消えたのに、皆の記憶では、俺が彼女を斬り殺したことになってる。何か心当たりがあるか？』

『……あるかも』

とラーナは呟いた。

母が最後に言い残した『おまけね』という言葉。

魂が消滅する寸前、リグレシアはあの場にいた人々の記憶を操り、「悪い魔女を倒したのは追放されていた王子だった」という物語で塗り替えたのではないか。

そうすることで、ウィルの株は段違いに上がる。

王族としての人生を歩み直すにあたり、味方となる人間も多くなる。

ラーナの推測に、ウィルは複雑な表情を浮かべた。

『なんだかずるいことをした気分だな。リグレンヌを止めたのはラーナのお母さんで、俺の手柄じゃないのに』

『そこは悩まないでいいんじゃない? 実際にウィルは状況を変えようと行動したんだし、ケルベロスだって倒したし』

ウィルが動かなかったら、カルナードはまだリグレンヌの支配下だった。過大評価するわけではなく、純粋な事実だ。

『負い目に感じるなら、これから立派な王様になってこの国を立て直していけばいいのよ。時間も根気もかかるけど、それはウィルにしかできないことよ』

『頑張るしかないな。……ラーナがそばにいてくれるなら、だけど』

苦笑するウィルを励まそうと、思わず自分からキスしてしまった。それが実質、妃になることの了承のようなものだった。

戴冠式の準備を進めるウィルは本当に忙しいらしく、長居をすることはなかった。

それ以来、二人で過ごす時間はほとんど取れていない。

体調が戻ると、例の女教師がさっそくフォアグラ式詰め込み教育を始めたので、ラーナのほうもたちまち余裕がなくなった。

以前ならこういうときはクルト相手に愚痴を言い、もふもふのお腹を吸って気分転換できたのだが、あの黒猫はもういない。

ウィル曰《いわ》く、リグレンヌの最期《さいご》と前後して、クルトの体は幻のように消えてしまったということだった。かつて、ラーナの父の亡骸《なきがら》が消失したのと同じように。

（……きっと、お母さんが一緒に連れていったんだ）

今、母たちの魂はどこにいるのだろう。

リグレンヌが父に焼きもちをやき、喧嘩をしながらでも、あの三人が同じ場所にいてくれることをラーナは願った。

あの世でも食事ができるなら、リグレンヌは一度、父の特製シチューを食べてみればいい。

頬《ほ》っぺたが落ちるとはまさにあのことだし、美味しいごはんを食べさせてくれる人を、誰しも心から憎めはしないものだから。

◆◆◆

　その日の夜。

「うぅ……目の奥がちかちかする……」

　湯浴《ゆあ》みを終え、ネグリジェに着替えたラーナは、ベッドでうつ伏せになり『宿題』の続きをしていた。

　女教師に暗記しろと言われた貴族名鑑を読み込みすぎて、耳から煙を噴きそうだ。

（これに比べれば、魔法の勉強のほうがまだマシかも……そのうち、ちゃんと特訓してみようかな）

　半魔女《ハーフ・ウィッチ》でも、回復魔法で誰かを助けられたことはひとつの自信になった。

　今のままだと消耗も早いが、訓練すれば、よりたくさんの怪我人や病人を救えるようになるかもしれない。

　コンコン、とノックの音が響いたのはそのときだ。

　誰だろうと顔をあげ、違和感に気づく。

　ノックの音は廊下側の扉ではなく、バルコニーの方角から聞こえたのだ。

（まさか不審者？）

　ベッドを降りたラーナは、部屋の隅に立てかけていた飛行用の箒を構えた。

掃き出し窓の開く気配がし、カーテンの向こうから現れた人影に、

「やぁーっ！」

と勇ましく打ちかかったところ、箒の柄を難なく受け止められた。

「物騒だな。防犯意識が高いのはいいことだけど」

「ウィル⁉」

ラーナは箒を取り落とした。

忍び込んできたのは、しばらくぶりに顔を合わせるウィルだった。しーっ、と唇の前で人差し指を立てられて、その男ぶりにどきどきする。

（この前も思ったけど、『王子様』が板につきすぎてる……！）

城で暮らし始めたウィルの格好は、これまでのものとは違いすぎた。

織目の詰まった濃紺の生地に銀糸《ぎんし》の刺繍《ししゅう》が施された、かっちりとした仕立ての上着。その下に着込んでいるのは光沢のある絹のシャツで、首元にはクラヴァットとかいう小洒落《しゃれ》たスカーフのようなものまで巻かれている。

伸びすぎるとラーナが切ってやっていた髪は、王宮出入りの美容師に整えられ、額に落ちる前髪の角度までやたらと洗練されていた。

「……やっと会えた」

感極まったように囁いて、ウィルはラーナを抱きしめた。

「昼間は人に囲まれて自由のかけらもないし、夜になってラーナの部屋に行こうとしても、見張りの兵士が立ってて中に入れてくれないし」

「え、なんで?」

警護の兵がいたことは知っているが、ウィルは次期国王だ。その彼が入れない場所など、城内にあるのだろうか。

「結婚式まで花嫁は清い体でいなきゃいけない。そういう掟《おきて》があるらしい」

「清い体? って……──あ」

意味を理解し、ラーナは顔を赤らめた。

「いまさらだろう、そんなこと。だけど、王宮ってのは体裁が何より大事な場所だからな。おかげで、壁を伝ってバルコニーによじ登るなんてコソ泥みたいな真似をしなきゃいけなかった。巡回の兵士が通らない時間帯を割り出すのに、ずいぶん日にちもかかったし」

「……そうだったの」

苦労を語るウィルから、ラーナはさりげなく距離を取った。そこまでして部屋に忍んでくるといえば、目的はひとつに決まっている。

(い、嫌だってわけじゃないんだけど……久しぶりだし、ウィルはキラキラしすぎだし、心の準備が追いつかないっていうか……！）

この先を予想してあたふたしていると、ウィルがベッドに腰かけ、貴族名鑑を手に取った。

「これは俺も覚えさせられたな。こんな時間まで勉強してたのか？」

「え？　……そうよ」

てっきりそのままベッドに引きずり込まれ、くんずほぐれつの展開になるかと思っていたが。

色っぽい雰囲気にならず、拍子抜けして立ち尽くす。

（わ……私だけ期待してたみたいで、馬鹿みたい……）

勘違いが恥ずかしく、ラーナは顔を赤らめた。

品行方正な王子らしく、ウィルは王宮の掟に従う気なのだ。人目を忍んでここまで来たのも、単にラーナとゆっくり話がしたかっただけなのだろう。

「ラーナはいつも、俺のために頑張ってくれるな」

名鑑を閉じて、ウィルはラーナを見上げた。

「あの晩も箒に乗って駆けつけてくれたし、魔法で怪我も治してくれた。王妃になるつもりなんてなかっただろうに、こんな努力をさせて……悪い」

その表情が本当に申し訳なさそうなものだったから、ラーナはわざと腕を組み、えらそうにウィルを見下ろした。

「悪いと思ってるってことは、婚約解消してもいいってこと？」

「それは嫌だ！」

即座に否定され、噴き出しそうになるのを堪える。昔から大人びていたくせに、こういうときだけは子供のように直情的だ。

「あのね。私だって、嫌々ここにいるわけじゃないのよ」

不安そうなウィルの頭を、ラーナはくしゃくしゃと撫でた。

「堅苦しいのは苦手だけど、好きな人と一緒にいるためなら頑張れる。それに、そういう意味での努力なら、ウィルのほうがたくさんしてくれたでしょ。――半魔女《ハーフ・ウィッチ》の私が皆に受け入れられるように、この国の王様っていう最強の後ろ盾になってくれた」

あの森でずっと、二人きりで暮らしていくのが理想だったかといえば、そうではない。

ラーナはウィルに、自分以外の人々とも交流してほしかった。彼の可能性を狭《せば》めたくなかったから、友人や師となる人とたくさん出会ってほしかった。

けれど、ラーナとの暮らしを優先する限り、ウィルの交友範囲はどうしたって限られる。歳をとらないラーナのことを伴侶だと紹介するにも、何かと不都合が生じる。

ラーナ自身も、素性を隠して生きることにずっと窮屈な思いをしてきた。

それらの問題を、ウィルは玉座につくことと引き換えに、力技で解決したのだ。

「そういう意味では、ウィルにすごく感謝してる。私も半魔女《ハーフ・ウィッチ》だってことを生かして、この国のために少しでも役に立てるよう頑張るね」

「……そう言ってくれると救われる」

眼差《まなざ》しを和《やわ》らげたウィルがラーナの手を取り、その甲に唇を押し当てた。

「改めて言わせてくれ。――俺はラーナが好きだ。俺の持てるものすべてで幸せにしたいし、たくさんの思い出を作りたい。不老不死のラーナからしたら、俺と一緒にいる時間なんて短いものだろうけど」

「え、待って」

プロポーズのやり直しのような台詞に、聞き捨てならない言葉が混ざり、ラーナは慌てて制止した。

「今、『不老不死』って……――私、ウィルに言ってないよね⁉」

百二十年前から、病気でも怪我でも死ねない体になったこと。

ウィルの死後、一人きりで取り残されるのが嫌だったから、彼の告白をなかなか受け入れられなかったこと。

彼には余計な気を遣わせたくなくて、隠し通していた。そのはずなのに。

「どうして……？　いつ知ったの⁉」

「ラーナが湖で溺れた日だ。舟に乗る前に、クルトと話してるのが聞こえた」

そう言われて、ラーナは思い出した。


『……やっぱり、死ねない体は嫌なのか?』

『普通に生きて、普通に死にたい。……それだけよ』


あの日、湖に水草を採りに出かけた自分は、クルトに尋ねられてそう言った。

まさかあのとき、ウィルがそばにいたなんて思いもしなかった。

「盗み聞きってこと? 溺れた私を助けてくれたのは、たまたま水浴びに来たからだって言ってたのに……」

「それは本当だ。嘘じゃない」

誤解をされたくないのか、ウィルは言い募った。

「なんだか深刻そうな話をしてたから、出るに出て行けなかったんだ。ラーナが不老不死だなんて、初耳で驚いたし……そのあとで、すごく嬉しいことも言ってくれてたし」

「嬉しいこと?」

「『ウィルのいいところは、私が一番よく知ってる』って」

――言った、確かに。

成長したウィルにぐらっときたとも、めちゃくちゃ好みだとも白状してしまっていた。

「混乱したのと舞い上がったのとで、どうすればいいかわからなくなった。一旦出直そうと帰りかけたところで、舟が沈み始めたから」

「な……なるほどね……？」

相槌《あいづち》がぎこちなくなったのは、ウィルに助けられ、意識を取り戻したあとのことまで思い出してしまったからだ。

どうか忘れていてくれと祈ったのに、ウィルはさらりと言った。

「あのあと、ラーナと風呂場でいやらしいことをしただろう？　ラーナも俺を好きでいてくれてるんだと知って、調子に乗った。すごく気持ちよかったから、反省はしてないけど」

「いや、そこは反省してほしい！」

噛みつくように叫んだが、ウィルは悪びれない。

耳まで赤く染めたラーナを、探るようにじっと見つめた。

「リグレンヌを倒したら、ひょっとしてラーナの不老不死も解けるかと思ったんだが……そんな気配はないか？」

「残念だけど、ないっぽい。証明するためには一回死んでみなきゃだから、簡単には言えないけど」

「そうか……ラーナの悩みは俺が解決してやりたかったのに」

悔しそうなウィルに、ラーナは戸惑った。

ウィルがこだわっているのは、恋人の悩みを解消できないことであり、ラーナの体質そのものではないように感じられたからだ。

「あの、ウィルは嫌じゃないの？ 半魔女《ハーフ・ウィッチ》ってだけでも大概だけど、それに加えて不老不死なんて、やっぱり化け物じみてない？」

「何年経っても若くて可愛いラーナといられることの、何が不満なんだ？」

当たり前のようにウィルは言った。

「もちろんラーナなら、婆《ばあ》さんになっても可愛いに決まってるけど。俺がよぼよぼの爺《じい》さんになったとき、若い男に乗り換えられたらって不安もあるけど」

「それはないから！」

ラーナは力いっぱいに否定した。

「ウィルのほうこそ、お爺さんになってもかっこいいに決まってるでしょ？ ガレオンさんみたいな先例もあるんだし、あの路線を目指そう？ ウィルならいける、全然余裕！」

「そうだな」

微笑んだ端から、ウィルは切なそうな真顔になった。

「――ごめんな。先に逝《い》くことが決まってて」

「……うん」

「なるべく健康に気をつけて長生きする。せめて百歳を目標に」

「……うん……っ」

もう限界だった。

ネグリジェのスカートを握りしめてうつむくと、絨毯《じゅうたん》に大粒の涙が落ちた。

秘密がなくなった安堵と、いつか来る死別の悲しさと、それでも可能な限り一緒にいようとしてくれるウィルの優しさに感情がぐしゃぐしゃだ。

「泣くなって」

ウィルの腕が伸び、しゃくりあげるラーナを膝の上に座らせた。

「俺が死んだあともラーナが寂しくならないように、精一杯頑張るから」

「頑張るって、何を……んっ……!?」

唇を重ねられ、ラーナは目を見開いた。

啄《ついば》むようなキスは、しっとりと吸い上げるものになり、最後には舌を絡めての濃厚な口づけへと変わっていく。

馴染んだ手順ではあるが、ウィルとのキス自体が久しぶりで、胸がひどく高鳴った。今夜はこういう展開にはならないだろうと思い込んでいたから、なおさらだ。

ようやく唇が離れてぼうっとしていると、唐突にウィルが言った。

「子作り」

「……え？」

さっきの質問への答えだと気づくまでに、しばらくかかった。

「俺たちの子供や孫がたくさん生まれれば、ラーナは一人ぼっちにはならないだろう？　孫の先は、ひ孫や玄孫《やしゃご》もいる。何百年も続く大家族を、俺はラーナに残したいんだ」

真面目に語られて、ラーナは呆気に取られた。

「そういう発想はなかった……かも」

ウィルを看取《みと》らなければという悲しみにばかり目がいって、彼の生きた証を繋いでいける可能性に気づかなかった。

両親もクルトもいなくなってしまったけれど、家族は増やせる。

彼らに囲まれ、見守っていく喜びが、自分には残されている――……。

「いい考えかもしれない……でも、それって」

ベッドに押し倒されながら、ラーナはウィルの胸に触れた。この先の行為を拒むとも受け入れるとも、どちらともつかない仕種で。

「『結婚式まで花嫁は清い体でいなきゃいけない』って掟を破ってでも、急がなきゃいけないこと?」

「いますぐ身ごもったところで誤差の範囲だ。式は来月に決まったから」

「早くない⁉」

侍女からは最速でも三ヵ月後と聞いていたので、ラーナは目を剥《む》いた。

「各所にできるかぎりの手回しをして急がせた。これ以上おあずけを食らわされたら、俺は干からびて死ぬ。魔女の次が干物の王じゃ、カルナードの行く末が心配だろう」

「ウィルって、だんだんワガママに磨きがかかってない?」

「いい子にしてるだけじゃ、ラーナは振り向いてくれないって学んだからな」

堂々とのたまったウィルは、ラーナのネグリジェと下着を脱がせた。その次には、王子様然とした自分の服を。

明かりを消す余裕もなく抱き合えば、もはや掟などどうでもよくなる。

立場が変わっても背負うものが増えても、互いに一番大事なものは変わらないことが、重ね合う肌の熱さで実感できた。

「ん、ぁっ……ふぁあ、っ……」

耳朶《じだ》にキスされ、舌で輪郭を辿られると、早くもぞわぞわとした快感が走った。

ウィルに攻められるところは、どこもかしこも性感帯に変わってしまう。

耳の孔《あな》や足の指を舐められて感じるようになるなんて、半年前の自分が聞いても決して信じられないだろう。

（まだ、私の知らないことがあるのかな……）

ウィルとならなんでも試してみたいし、自分からも彼を気持ちよくさせたい。

体勢的に舐め返すことは難しいので、ラーナはウィルの耳たぶに触れてみた。

パン生地ほどの硬さの耳を柔らかく捏ね、窪みをなぞったり、付け根を撫でたりしていると、ウィルの肩がびくりと揺れた。

「くすぐったい？」

「くすぐったさもある、けど……なんだか……」

「気持ちいいの？」

「……多分」

「そっか」

ささやかな工夫が功を奏し、ラーナは笑った。

至近距離の笑顔に見入ったウィルが、ラーナの胸に掌を這わせる。

膨らみの感触を思い出すように撫でていたと思ったら、ふいにきゅっと乳首を摘まれ、鋭い刺激に声が洩れた。

「ぁあんっ……」

「くすぐったいか?」

「ちが……、わかってるくせに……っ」

さっきのお返しのように尋ねられて首を振れば、シーツの上で広がる髪がしどけなく乱れた。

片手で乳頭《にゅうとう》を転がしながら、逆側の頂にもウィルの唇が落ちてくる。吸いついては離れ、離れては吸いかれるたび、ちゅぱちゅぱと淫蕩《いんとう》な音が鳴った。

「ああ、ん……はぁあ……っ」

愉悦に尖る蕾を舐《ねぶ》られ、緩急をつけて甘噛みされ、唇でじゅっじゅっと扱《しご》かれる。

経験の浅いラーナだが、これだけで秘裂が潤《ほと》びるのを感じないではいられない。左右どちらの乳暈《にゅううん》もぷっくりと膨らんで、もっと弄《いじ》ってほしいと訴えている。

(私がこんなに気持ちいいなら、ウィルは……?)

ラーナは思い立ち、厚い胸板に両手を這わせた。掌に当たる小さな突起を、自分がされたようにくりくりしてみる。

「っ……」

耳を触ったときよりもわかりやすく、ウィルの肩が震えた。男性でも乳首で感じられるのだと、新たな発見に嬉しくなる。

(やっぱり硬くなるんだ、ここ)

指先に当たる乳嘴《にゅうし》が、快感に凝《こご》ってこりこりしてきた。連動するように、太腿に当たる雄の部分も芯を持って育ち始めている。

「どうしたんだ? 今日は妙に積極的だな……」

困ったような、嬉しいような、どっちつかずの表情でウィルが呟く。攻守交替とばかりに、今度は彼がラーナの脚の奥に手を伸ばした。

「──もうこんなにとろとろだ」

花弁を掻き分けた指が、潤みを湛《たた》えた泉を探り当てる。指を前後に動かされると、ぬるぬるした蜜が広がって、陰核をかすめられた瞬間に高い叫びがあがった。

「っ、ひゃう……!」

背筋が一気に粟立ち、腰が反る。

ラーナの一番の弱点を、ウィルは小さな円を描《えが》くように撫でた。撫でるだけでなく、押し込めるようにぎゅっと潰されるのも好きなのだと、彼にはとっくにばれていた。

「ひぁ、ああっ、や……あぁぁ……!」

立て続けの喜悦に喘ぎながらも、ウィルを感じさせたいという意志は萎《な》えていない。

ラーナは兆《きざ》しきったものに手を伸ばした。複雑な迷路のように浮き出す血管を指で辿り、掌全体で包み込む。

最初はゆるやかに、少しずつ速度をあげて擦ると、ウィルの息が弾みだした。

「痛くない?」

「痛く、ない……もっと、強く握ってもいいから……」

「こう?」

ウィルから気持ちよくされる一方で、彼のことも気持ちよくする。

視線を合わせて相手の性器を刺激し合うのは、気恥ずかしくも愉《たの》しい遊びだった。

ウィルの指が、さきほどよりもずっと水っぽい音を奏でている。親指で秘玉《ひぎょく》を擦りながら、中指と薬指で蜜口を掻き回すという、器用な戯れを仕掛けているせいだ。

「やっ……ぅんっ、はぁ……あぁっ……」

ぐちゅっ、ぷちゅん、と己の蜜壺から生まれる音に、耳をいやらしく犯される。

その音がウィルの興奮も高めるらしく、雄茎の先から透明な先走りが溢れてきた。

ぬるみを肉竿にまぶして擦れば、にちゅにちゅとやはり淫靡《いんび》な音が立つ。

互いを求める気持ちが胸の奥から突き上がり、どちらからともなく、また深いキスをした。

「なぁ、ラーナ……」

存分に舌を絡め、唾液の糸を引いて唇を離したのち、ウィルが色めいた声で言い出した。

「お互いに、もっと気持ちよくなることをしていいか？」

「どんな？」

「俺も本を読んで知ったんだけど……耳を貸して」

首を傾けて耳を差し出すと、顔を寄せたウィルが詳細を伝えた。

そのあまりの大胆さに、ラーナはぽかんと口を開けてしまう。

「……そんないやらしいこと、していいの？」

「俺たちがしたいと思ったらしていいんだ。ラーナは嫌か？」

「ううん……ウィルとなら嫌じゃない」

聞かされた内容にはびっくりしたが、よく考えれば結論はひとつだった。

ウィルが相手なら、自分はどれほど大胆にも淫らにもなれる気がする。

ラーナ自身、普段は真面目なのに、ベッドではいやらしい本性を見せるウィルのことが大好きだから。

立場を逆にしてみれば、ウィルにとってもそれはきっと同じなのだ。

「どっちかが上になる体勢より、こっちのほうが疲れないいらしいから」

ウィルの知識に従って、二人で体を横向きにする。

ただし、頭の位置は互い違いだ。ラーナの頭が枕側にきて、ウィルの頭はベッドの足元のほうを向いていた。

その姿勢で密着すれば、ちょうど相手の性器が自分の顔の前にくる。

さっきのように手で触り合うこともできるが、ウィルが望んでいるのは、さらに難易度の高い行為だった。

「えっと……じゃあ、やってみるね……」

初めてのことだから、うまくできるかわからない。

それでも、ウィルが期待しきっていることは、しとどに零れる先走りでわかった。言葉よりも雄弁に、ラーナに「それ」をしてほしくてたまらないと訴えている。

(可愛いなぁ……)

母性本能めいた気持ちが芽生え、ラーナは肉棒のてっぺんに口づけた。

わずかに汗ばんだ匂いがしたが気になるほどではなかったし、むしろその生々しさが、彼の生きる証のようで愛おしかった。

ちゅっ、ちゅっ……と少しずつ唇を移動させ、幹を伝い下りるキスを繰り返す。ラーナの唇が触れるたびに、ウィルの腰が戦慄《わなな》いた。

「気持ちいい？」

「いい……ラーナが、俺のにキスしてくれて……すごい……」

「じゃあ、これは？」

「っ――……！」

舌で亀頭をちろちろと舐めると、ウィルは声にならない声をあげた。

目に見える反応が返ってくると、より張り切りたくなる。

ラーナは舌全体を押し当てて、裏筋をねっとりと舐め上げた。何度も往復するうち、唾液をまぶされた雄芯がいかにも淫猥《いんわい》に濡れ光る。

「うう……は、っ……」

ぴちゃぴちゃと舐め回す音の合間に、ウィルの息遣いが混ざった。

女性のような喘ぎ声ではないが、押し殺した吐息はひどく悩ましい。

聞いているだけで下腹部が疼き、それを見越したように、ウィルがラーナの片脚を持ち上げ、股座《またぐら》に顔を埋《うず》めた。

「――俺も舐めるよ」

「やぁあっ……!?」

濡れに濡れた秘裂を舌が這い、鮮烈な喜悦が走った。

何をされるかは知っていたのに、予想以上の快楽がラーナを襲う。柔らかい舌が二枚の花唇《かしん》に絡みつき、巣穴を見つけた生き物のように蜜口へと潜り込もうとする。

(何これ、すごい……やらしい……っ)

こんなに淫らなことは、本当に好きな人としかできない。したくない。

愛し合う恋人や夫婦だけの秘密の戯れ。一方的に気持ちよくしてもらうだけでなく、お返しに相手を感じさせることもできるのは、恥ずかしいけれど嬉しいから。

「わ……私も、頑張る……っ」

ラーナは口を大きく開き、ウィルの男根を咥えた。

弾力のある肉塊が、小さな口腔をいっぱいに圧する。汗よりも青臭い体液が舌に広がり、その味はラーナをいっそう昂《たかぶ》らせた。

「ん、……む、ぅっ……ふ」

呑み込みきれない部分は手で擦り、半ばまで咥えた大きなものに懸命にしゃぶりつく。垂れ落ちそうになった涎《よだれ》を啜ると、それも刺激になったのか、肉棒がまた大きく膨れた。

「っ……は、……ぅ、く……」

ウィルの洩らすひそやかな声が、ラーナの鳩尾《みぞおち》を疼かせる。

えずく寸前まで深く口にし、ウィルの臀部《でんぶ》に手を回すと、快感を覚えるたびに筋肉が緊張しているのがわかった。

(――そうだ)

ふと思いつき、ラーナは首を前後に振った。二人がひとつになったときの律動を、自分なりに再現してみたのだ。

「うああ、っ……!」

思いがけず大きな声があがって、これでいいのだと得意になった。誘われて始めた行為なのに、ラーナのほうが積極的に彼を貪《むさぼ》っているかのようだ。

しかし、もちろんウィルも負けてはいない。

やられっぱなしでは終わらないとばかりに、蜜孔《みつあな》を三本もの指で掻き回しながら、花芽《はなめ》を集中的に舌で攻め立ててきた。

「あっ、あ、あぁ……いやぁっ……!」

舌先でぴんぴんと弾かれて、女の核がみっともないほどに肥大する。

溢れる蜜を押し戻すように、指を深く差し込んでぐちぐちされると、ラーナの腰は釣り上げられた魚のようにのたうった。

「だめ、……ぁあ、そんなっ、だめぇ……」

与えられる快感に溺れて、雄茎への口淫がおろそかになる。

それに不満を洩らすでもなく、ウィルはここぞとばかりに追い上げた。

膣内をいっぱいにした指で、子壺ごと振動させるように手首を揺らし、恥骨《ちこつ》に快感を響かせる。逃げを打っても執拗に追ってくる唇が、秘玉《ひぎょく》を吸引し、びりびりと痺れさせた。

「や……ぁぁ、……いっちゃう、いく……っ！」

ラーナは忘我の境地に達し、絶頂に打ち震えた。

はしたなく叫んだのは、達したことを訴えれば、少しは休ませてもらえると思ったからだ。

――なのに。

「いやあっ！　なんでぇっ!?」

ウィルの舌と指は、なおも細やかに動いて刺激を送り込むことをやめない。

過ぎる快感から逃《のが》れたいのに、ウィルの片腕はラーナの腰を強く抱いて離さなかった。

「い、いったのに……いったから、もうやめ……おかしくなっちゃう――……っ」

「媚薬がなくてもおかしくなってほしい」

「……は？」

返った言葉に、ラーナは混乱しつつ「まさか」と思った。

「薬抜きでも離れられないくらい、俺のすることに溺れてほしい」

やはりだ。

初体験のとき、ラーナが媚薬を飲まされていたことを、ウィルはいまだに気にしている。抱いてくれるなら誰でもよかった――そんなはずはないとわかっていても、自分の力だけでラーナを感じさせたわけでないと、自信を持てないでいるのかもしれない。

「ば、馬鹿っ……そんなの、こだわることじゃ……ぁあぁっ……！」

しっかりしているように見えても、やはりウィルは年下なのだ。それとも男とは、誰しもこんなふうにくだらないプライドを持つ生き物なのだろうか。

「んっ、あ、だめ……ほんとにっ……」

儚い抵抗をものともせず、はち切れそうな陰核をウィルが根本から舐め回す。そこが砂糖でできた飴ならば、とっくに溶けて跡形もなくなっていただろう。

蕩《とろ》けきった花筒《はなづつ》は、掘削するように出入りする指のせいで、きゅうぅぅん――とまたも切ない蠢動《しゅんどう》を始めた。

「ぁあぁあっ……んぅ、ああ――……っ！」

全身が痙攣し、下腹がびくびくと波打つ。

二度目の絶頂に至ったことは、ウィルにも伝わったはずだった。一度目の余韻も引かないうちに法悦の極みに追いやられ、意識を保っているのが不思議なくらいだ。

「もう、いやぁ……」

ラーナはベッドに突っ伏し、啜《すす》り泣いた。

「ウィルと一緒に気持ちよくなりたかったのに……結局、私ばっかり……」

「……もしかして、泣いてるのか？」

身を起こしたウィルが、戸惑って覗き込む気配を感じる。

「泣きたくもなるわよ……わざわざ言わなきゃわからないの？」

ラーナは涙目で彼を見上げた。

「私だって、初めてが媚薬のせいだなんて不本意だったけど、その後に何度もしたじゃない。そのときもちゃんと気持ちよかったのに……薬のせいじゃないって思える分、ずっと嬉しかったのに……ひょっとして、私が感じてたのは演技だとでも思ってた？」

「思ってた……というか、疑ってた」

叱られた犬のように、ウィルはしゅんとした。

「女性は早く終わってほしくて感じた振りをするとも聞くし……俺は、ラーナとしか経験がないから。他の人と比べられないから、俺だけが気持ちいいんじゃないかって、ずっと不安で」

「ほんとに馬鹿ね」

ラーナは深い息をついた。

「私だって、他の人としたことはないけどわかるわよ。ウィルくらい、私を気持ちよくさせせようと頑張ってくれる人はいないって」

「……本当か？」

「そうよ。だから、私もウィルのために何かしたくて、さっきみたいに――」

男性器を夢中で舐めしゃぶったことを思い出すと、いまさらながら頬が火照《ほて》った。

「……とにかく！」

照れ隠しのように大きな声をあげて、ラーナは身を起こした。

「私はウィルとするのが好きだし、充分満足してるの。だから他の人と比べようなんて考えないで。浮気したら絶対許さないんだから」

「『許さない』……か」

ラーナに睨まれても、ウィルはむしろ嬉しそうだった。

「ラーナも俺を束縛したいと思ったりするのか？」

「何よ、悪い？　重くて引いた？」

「いや。そういう重さなら、まったく負ける気がしない」

ウィルはきっぱりと言った。

「俺が国王になったのはラーナを妃にするためで、妃に手を出した間男は、問答無用で処刑できるからでもあるし」

「冗談よね⁉」

「さぁ、どう思う?」

優美な笑顔で問い返され、深く追求するのが怖くなる。

ともあれ、冤罪《えんざい》で殺される人を生みたくないので、ウィル以外の男性と接するときは慎重にならなければ――とラーナは決心した。もしかすると、ウィルの狙いは最初からそっちだったのかもしれないが。

「束縛なんて必要ないくらい、俺はラーナのものだ」

ウィルの手が伸びて、ラーナの輪郭を愛《いと》おしげになぞった。

「今思えば、一目惚《ひとめぼ》れだったな。初めて会ったときから、俺の世界にはラーナしかいない」

「十二歳の子供だったのに?」

「十二歳の子供にもわかるくらい魅力的だったんだ。優しくて、料理が上手くて、ちょっと抜けてるところも可愛くて」

「掃除も整理整頓も、すごく苦手だったのに?」

「ラーナが苦手な分、役に立てることがあって好都合だった。俺がいなくなったら困ると思ってもらいたくて、毎日せっせと家事をしたんだ」

「それが目的なら、まんまと策に嵌まったわ。私、ウィルがいなくちゃすっかり駄目にされちやったもの」

自分のズボラを棚にあげて言うと、ウィルは得たりとばかりに笑った。

「こっちも、俺なしじゃいられなくさせるから」

さっきの落ち込んだ態度はどこへやら。

ウィルは改めてラーナを押し倒し、左右に割った腿の内側にキスをした。

彼がしようとしていることがわかって、それはラーナの望みとも一致した。

「……──来て」

両腕を伸ばしてねだると、ウィルは太陽を直視したように目を細め、ゆっくりと体を重ねた。

二度の絶頂で熟れた蜜壺に、雄刀はなんの抵抗もなくぬぷぬぷと沈み込んだ。

「ぁあああ……っ……」

誂《あつら》えたようにぴったりと嵌まる肉茎に、ざらざらした襞が絡みつく。

しばらくぶりでも、ラーナのそこは彼の形を覚えていた。奥へ奥へと巻き込むように蠢《うごめ》く
媚肉《びにく》に、ウィルが息を凝《こ》らした。

「……すごく、締まる──そんなに俺を待ってた？」

「うん……待ってた。私もウィルとこうしたかった……」

番《つがい》の動物同士がするように、鼻先を擦り合わせて甘えた声を出す。

離れているときは一人でいられるのに、いざこうしてひとつになると、永遠に繋がっていたいと思ってしまう。

「それなら、期待に応《こた》えないとな」

ウィルが腰を引き、抜け落ちる寸前まで後退した男根がずちゅんっ！ と打ちつけられた。蜜の飛沫《しぶき》が散って、ゆるく屈曲した膣を亀頭が抉《えぐ》った。

「はぁっ、っああ……！」

律動が少しずつ速まって、ラーナはウィルの首にしがみついた。中を摩擦されるたび、待ちわびていた愉悦に嬌声があがる。隘路《あいろ》の突き当たりをこじ開けるように、硬いものがごんごんとぶつかる。

「んんっ、やっ……ああ、あん、やぁっ……！」

揺さぶられる勢いに昂《たか》ぶりが増して、脳が快楽で焼き切れてしまいそうだった。

枕を逆手に掴み、シーツの上で身悶《みもだ》えるラーナを、ウィルはさんざんに啼《な》かせた。その間にラーナのほうは、軽く二、三度は達している。

「ウィル……んっ、怖い……気持ちよすぎて、こわいぃ……っ」

「あぁ……可愛いな」

泣きの入り始めたラーナを、ウィルはおもむろに抱き起こした。

唐突な体勢の変化に、ラーナは「えっ⁉」と息を呑む。

「ちょっと待って……これ、深すぎ……ぁあああっ……！」

ベッドの上で座ったウィルに、真下から貫かれて体が弾む。

いつもと異なる体位での抽挿に、腹の奥をごりごりと削られ、脳天までが甘く痺れた。

「これもいいな……ラーナのほうから、みっちり食い込んでくるのが……」

ウィルに背中を抱かれると、隆起した胸筋で乳房が押し潰される。

互いの胸の間で擦れる乳首は、野苺《のいちご》のように赤く膨らみ、つきつきと痛いほどに疼いた。

深い密着感でまた快感の圧が上がり、どこまで気持ちよくなってしまうのかと慄《おのの》かずにはいられない。

「んん、奥っ……そんなにいっぱい、突いちゃだめ……」

「じゃあ、ここは？」

ラーナが逃げ腰になった隙を狙い、ウィルは結合部に手を滑り込ませた。汗と蜜に濡れた叢《くさむら》を掻き分け、弾け飛びそうな花芽《はなめ》を捉える。

「いやぁ、そっちもだめぇ――……っ！」

悪戯な指から逃《のが》れようとする動きが、中に埋まる肉塊を揉み絞る。

上下左右に腰をよじるうち、ウィルの表情からも余裕が抜け落ちていった。

「その動き、駄目だ……腰にくる……っ……」

顔をしかめたウィルが、ラーナの乳房に齧《かじ》りついた。甘噛みを超えた痛みに、獣じみた欲情を感じて内臓がぞくぞくした。

乳首をしゃぶられながら、また激しい突き上げが始まる。恥骨《ちこつ》にずくずくと響く喜悦に、ラーナは髪を振り乱して喘ぎ啼《な》いた。

「やぁ、ああ、んぁっ、あああ！」

すでに何度も達しているのに、また大きな波が来る。

その予感だけで陶然となり、狭い場所で暴れる肉棒を膣壁がぎゅうぎゅうと喰《く》い締めた。

「あっ、いく！　いっちゃう、またぁ……！」

「俺もだ――ラーナ……っ！」

繋がり合った最奥で熱が爆《は》ぜ、同時に果てを極める。

世界から一瞬音が消え、胎《はら》の奥にびゅるびゅると精を浴びせられる感触に、ラーナは恍惚《こうこつ》と身を委《ゆだ》ねた。

「はぁっ……はぁ……、は……」

しばらくは互いの肩に額を預け、呼吸を整えることしかできなかった。

沸点に達した快感がようやく引いたのち、ベッドに倒れ込んで脱力する。

心地良い気だるさと睡魔が同時に忍び寄ってきて、このまま眠れたらどれだけ気持ちがいいだろう——と思ったのに。

「……ぁあんっ!?」

突き立ったままのものを揺さぶられ、抗議とも甘えともつかない声が洩れた。

中にたっぷりと放ったばかりなのに、少しも硬度の変わらない雄芯を、ぐぽぐぽと抜き差しされて慄然とする。

「な、なんで？　もう終わったのに……っ」

「俺がラーナを欲しがる気持ちに、終わりなんてないから」

知らなかったのか？　とばかりにウィルは笑った。

「そっちも子供を作る気になってくれた以上、遠慮は必要ないだろ」

「嘘でしょ？　これまでだって、遠慮なんか……」

「してたんだ。ひと晩に四回でも五回でも抱きたいところを、せいぜい二回に留めてたんだから、褒めてくれてもいいくらいだ」

「やぁっ……動いたら、さっきの出てくる……溢れちゃう……っ」

「もったいないって？　さっき以上に注いでやるから大丈夫。——ほら、ラーナも協力して。いっぱい腰振って、根こそぎ搾《しぼ》りとって……」

「ぁん、あぁぁ、いやぁ……んんっ……！」

たくましいものでずんずんと掻き荒らされる快感に、ラーナの腰もウィルの言いなりに揺れてしまう。

欲情を剥き出しにした年下の恋人に翻弄されて、ラーナが眠らせてもらえるのは、まだまだ先のことになりそうだった。

エピローグ

かつて、皆に祝福されて最愛の人のもとに嫁いだ日から、ラーナは覚悟していた。

何十年かののち、年老いて天に召されるウィルを、涙に暮れて見送ることを。

カルナードの王であった彼の弔《とむら》いは、もちろん国葬になる。

陰鬱な雲が垂れ込めた空の下、沿道には多くの民が並び、黒塗りの棺《ひつぎ》を運ぶ馬車に哀悼の意を表するのだ。

棺の中で眠るウィルにかける言葉も決めていた。

さよなら、では悲しすぎるから。

ありえないとわかっていても、いつかまた会えるはずだと自分を騙しておきたいから。

『いってらっしゃい、ウィル』

泣きながらでも微笑んで、そう告げるつもりだった。

それが、どうして――……。

「ではいってらっしゃい、父上、母上」

「お義父《とう》様もお義母《かあ》様もお元気で。たまにはお顔を見せにいらしてくださいね」

「おじーたま、おばーたま、いってらっしゃー！」

「ばぶぅ、ばぶばぶ、あぶぅー！」

澄みきった空気が心地よい、早春の朝のこと。

ラーナたちの長男一家が、城の裏門まで旅立ちを見送りにきていた。

以下、次男一家、三男一家、四男一家。長女一家に次女一家。

総勢三十人近い子供と孫に囲まれながら、

「お前たちこそ元気でな」

と微笑んだウィルが、一頭立ての簡素な幌《ほろ》馬車に乗り込んだ。

その姿は、畑で葡萄《ぶどう》でも育てているのが似合いそうな、シャツにズボンという軽装だ。つい最近まで、彼がこの国の王だったとは誰も思わないだろう。

「おいで、ラーナ」

同じように、懐かしのカントリードレス姿のラーナに、ウィルが御者台から手を伸ばす。

男らしく大きなその手には、加齢による皺もシミもない。

四十年前から少しも変わらない精悍で麗しい青年が、ラーナを優しく見つめていた。

息子よりも、明らかに若く見える父親。

同じように、娘よりもずっとあどけなく見える母親。

彼らこそが、カルナードの前国王夫妻である。

二人は先日、為政者として立派に育った長男に玉座を譲り渡したのち、政《まつりごと》の世界から退《しりぞ》いたところだった。

「ちょっと待って、ウィル。念のためにこれを渡しておきたいの」

ラーナは懐《ふところ》から水晶玉を取り出し、長男に手渡した。

「何かあれば、これに向かって呼びかけてくれればいつでも話せるから。箒に乗って飛んでくるから。皆、ちゃんと手洗いうがいしてね。風邪ひかないでね」

「母上が調合した薬が山ほどあるから大丈夫ですよ。俺たちももう子供じゃないんだし、安心してください」

「そうよね……皆、すっかり大きくなったんだものね」

しっかりした長男の受け答えに、過保護が抜けない自分を反省する。

顔立ちはウィルにそっくりなのに、夫よりも大人びた息子と向き合うのは、いまだに妙な感じだ。

「じゃあね、いってきます！」

今度こそウィルの隣に乗り込んで、ラーナは大きく手を振った。

ウィルが手綱を取ると馬が軽快に歩を進め、馬車は裏門をくぐり抜ける。

想像していた未来図とは、何もかもが違っていた。

「いってらっしゃい」と言うのではなく、言われる側で。

馬車だって、王家の紋章が入った立派なものではなくて。

何よりもウィルが生きていて、自分の隣で穏やかに笑っていてくれて。

「こんなふうになるなんて、まったく思ってなかったわ……」

思わず洩らした独り言に、

「俺もだ」

とウィルが相槌を打った。

「まさかラーナだけじゃなく、俺まで不老不死の体になれたなんてな。ラーナを残して逝《い》くのが心残りだって、悩んだのはなんだったんだか」

——そうなのだ。

結婚式の数年後からウィルは一切老いていないし、多少の傷はすぐに治ってしまう。一度など、狩りの最中に毒蛇に噛まれ、確かに心臓が止まったはずが、翌日にはけろりと起きてきた。

どこからどう見ても、これは不老不死だ。

歳をとらない国王に周囲も最初こそ戸惑ったが、そもそも半魔女《ハーフ・ウィッチ》の妃がそういう存在だと認知されていたので、「何かしらの魔法でも使っているのだろう」と、さほど異端視されることもなかった。

だが、ラーナにそんな能力はない。

王妃となってから周囲の役に立ちたくて、魔力を高める努力はした。

王家の力で情報を集め、各地に隠れ住む魔女を招いたり、こちらから訪ねていったりして、主に医療面で役立つ魔法知識を伝授してもらった。

おかげで、今ではそれなりに魔法を使えるようになったものの、さすがに寿命を操ることまではできない。ウィルが老いないとわかったときには、また誰かの呪いにかけられたのかと、大いに混乱したものだ。

当時のことを思い出してか、ウィルがくつくつと笑う。

「あの頃のラーナ、『なんで？　どうして!?』って俺の体を調べ尽くしてたよな。血を抜いたり、髪を抜いたり、それをいろんな試薬と反応させたり」

「だって知らなかったのよ」

無知を責められたように感じて、ラーナはもごもごと言った。

「ウィルが、その……私とすることで同じ体質に変化するなんて……他の魔女に聞かなきゃ、ずっとわからなかったと思うし……」

口に出すと、今でも相当に恥ずかしい。

親しくなった先輩魔女に、『夫が死なないかもしれません！』と泣きつくと、『死んでほしいの？』と呆れられながら教えてもらった。

不老不死である者の血や体液を、数年に渡って一定量摂取した人間は、体の構造を造り替えられて、同じように老いることも死ぬこともなくなる――というのが、魔法を使う者の間では常識らしい。

ウィルに血を飲ませたことはないが、体液ならば心当たりがある。それはもう、夫婦の寝室で毎晩のようにある。

衝撃の事実を知ったラーナはへなへなとへたりこみ、

（そんな大事なこと、ちゃんと教えておいてよお母さん！）

と、天に向かって叫びたくなった。おっとりしているのがリグレシアのいいところだったが、その分うっかりも多かった。

そんなわけで、二人は本当の意味で似合いの夫婦になった。

死ねない妻に死なない夫。これ以上の理想的な伴侶がいるわけもない。

子供たちが大人になり、後を任せても大丈夫だと思えるようになったら、夫婦だけの気ままな旅に出ようというのが、いつしか二人の望みになった。その旅立ちの日が今日なのだ。

「さぁ、これからどこに行く?」

上機嫌な口調でウィルが言った。

いつしか馬車は城下町を抜け、見晴らしのよい街道を進んでいる。

「海でも山でも砂漠でも。やろうと思えば、船や気球で世界一周もできるけど」

青々と伸びた草が風にそよぐ中、まっすぐに続く石畳の道は、世界のどこにでも通じているかのようだった。

時間はいくらでもあり、飢えても怪我をしても死なない二人にとって、どんな旅でも無謀ということはない。

「そうね……どうしよっか?」

堅苦しい王宮の暮らしから解放された喜びもあり、声を弾ませたときだった。

前方の叢《くさむら》が揺れて、一匹の猫が飛び出した。

ぴんと立った耳に、ふさふさと揺れる長い尻尾。

全身のほとんどの毛は黒いのに、その尾と四つ脚の先だけは、神様がうっかり染め忘れたかのように白い。

振り返ったその顔は、まぎれもなく――。

「クルト⁉」

ラーナの声に、ウィルが驚いて手綱を引いた。急停止した馬車の先で、猫は面白がるような目で二人を見つめている。

と、叢がまた揺れて、さらに二匹の猫が現れた。

一匹は、さっきの黒猫と見た目も大きさもそっくりで、互いにすりすりと鼻先を擦りつけ合っている。

その様子を羨ましそうにも、苦笑するようにも眺める残りの一匹は、ひとまわり体の大きな白猫だった。

「あの白猫の目……青い……」

ラーナは呆然と呟いた。

「ちょうどあんな感じの青い目をしてたの――……私のお父さん」

「じゃあ、あの黒い二匹は、ラーナのお母さんとリグレンヌ？」

ラーナが「まさか」と感じたことを、ウィルも信じられないように口にした。

三匹の猫は何も答えない。

言葉が喋れないのかもしれないし、喋る気がないのかもしれないし、三人の生まれ変わりだというのはラーナがそう思いたいだけで、ただの普通の猫なのかもしれない。

それでも。

「……行こう！」

ラーナがそう言うとわかっていたように、三匹はいっせいに駆け出した。

それぞれが前になり後ろになり、ときどきこちらを振り返りつつ、誘うように走っていく。

「追いかけよう、あの子たちを。今度こそ皆で仲良くできるかも」

「ああ。どう転んでも楽しい旅になりそうだ」

御者台の上で視線を交わし、肩をぶつけ、二人で同時に笑い合う。

再び走り出した馬車の上には、雲ひとつない澄んだ空がどこまでも広がっていた。

あとがき

こんにちは、もしくは初めまして。葉月・エロガッパ・エリカです。

今回、あとがきが五ページもありまして、一体何を書けばいいやら……と若干途方に暮れております。話せば話すほどアホがバレちゃう（いや、すでに皆さんきっと知ってる）。

アホといえば、本日クレンジングオイルが切れたので、確か買い置きがあったはず……とストックスペースを探していたら、ハンドソープの詰め替え用ボトルが三本もありました。ごちゃごちゃしすぎで見落として、繰り返し買っていたようです。迂闊。

そして、肝心のクレンジングオイルは見つからず。買ったこと自体は確かなのに、どこにしまったのかを忘れたようです。ポンコツ。

……あ、これでいい感じに次の話題に繋げることができるのでは？

というわけで、『ポンコツ魔女ですが、美少年拾いました　呪いが解けたら、えっちな猛攻プリンスに成長するなんて聞いてません⁉』について。

タイトルどおり、ヒロインのラーナはポンコツ魔女です。魔女として未熟という意味でもポンコツですが、この子は人としてもズボラな汚部屋の住人。

さきほどのエピソードからもわかるとおり、エロガッパも整理整頓が苦手なので、他人の気がしないなぁ……と思いながら書いていました。どれだけ散らかっていても、腐るものさえ放置しなければOK、というゆるゆるルールで暮らしてるところも同じです。

対するウィルは、家事能力カンストな王子様。

もしうちに来てくれたら、ガスコンロの油汚れも、風呂場の排水溝のぬめりも、ドラム式洗濯機の内部に溜まった埃も、完璧にお掃除してくれるんだろうなぁ……重曹とかクエン酸とかセスキ炭酸ソーダとかも、どこにどう使えば最適なのか、ちゃんと理解してるんだろうなぁ……一応揃えてはみたものの、あれらの使い分けがいまだに謎です。

こんなことを考えるのは、原稿に追われて、年末の大掃除が手つかずのまま年を越したからですね。それこそ魔法でも使ってウィルを召喚したい。

ちなみに我が家にも猫がいるのですが、短毛種にもかかわらず換毛期には抜け毛がすごいので、長毛種のクルトがいるラーナの家は、さぞや……と思います。

が、それはウィルがちゃんとブラッシングしてあげているという裏設定があったりします。

クルトがウィルに懐いてる場面、あんまり書けなかったのですが、あの二人（?）は、実は割と仲良しです。

おっと。またしても、エロガッパがいかにダメガッパかという話にしかなってない。

ダメついでに弱音を吐くと、ここ半年のうちに家族が二回も流行り病にかかり（一度目は自分もぶっ倒れ）、別件で入院することにもなり、健康面がなかなかにハードモードでした。

体調を崩すと当然ながら原稿も遅れるわけで、『ポンコツ魔女～』はもろにその煽りを受けた形です。締め切りに間に合ったのが奇跡で、このあとがきを書いている今、よくここまで辿り着けたな……と感慨深いものがあります。

ここ数年は呪文のように「ご自愛、ご自愛、無理しない」と唱えているのですが、今年はいっそう健康に気をつかっていきたい次第です。熱に浮かされながら桃色シーンを書くの、できればもうやりたくない！


最後に恒例の謝辞です。

イラストを担当してくださったＣｉｅｌ様。

蜜猫文庫での一作目『人間不信な王子様に嫁いだら、執着ワンコと化して懐かれました』や、他社さんでのお仕事も含めると、Ｃｉｅｌさんと組ませていただくのは五回目になります。

たびたびのご縁が嬉しく、毎回素晴らしいお仕事をしてくださるので、安心してお任せすることができました。

今回の表紙は爽やかなグリーンが基調で、とても気に入っています。ラーナがとびきり可愛くて、こんな子が汚部屋の住人だなんて信じられない。

お忙しい中、お仕事を引き受けてくださって、本当にありがとうございました。


お世話になりました担当様。

蜜猫文庫9周年、おめでとうございます。こちらのレーベルで書かせていただくのはまだ三作目のぺーぺーですが、記念の月に呼んでいただけて大変光栄です。

激務が続いていらっしゃるようですので、なにとぞお体を大切になさってください。これからもどうぞよろしくお願いいたします。


この本をお手にとってくださった読者様。

最後まで読んでいただき、どうもありがとうございました。

さきほどもちらっと触れたとおり、この本は蜜猫文庫9周年の月に発売されます。

応募者全員プレゼントのリーフレットが作られるということで、エロガッパもこの作品のS

Sを書かせていただく予定になっております。ご興味ある方は、応募要項をお確かめの上ぜひご応募ください。

作品の感想や応援のお声に、いつも励まされています。嬉しい気持ちを少しでもお返しできるように、次の作品の執筆を頑張ります。

それではまた、よろしければどこかでお会いできますように！

二〇二三年　一月

葉月　エリカ

Mitsuneko Label

蜜猫文庫をお買い上げいただきありがとうございます。
この作品を読んでのご意見・ご感想をお聞かせください。
あて先は下記の通りです。

〒102-0075 東京都千代田区三番町 8 番地 1 三番町東急ビル 6F
(株)竹書房　蜜猫文庫編集部
葉月エリカ先生 /Ciel 先生

ポンコツ魔女ですが、美少年拾いました
呪いが解けたら、えっちな猛攻プリンスに成長するなんて聞いてません⁉

2023 年 3 月 1 日　初版第 1 刷発行

著　者　葉月エリカ　©HAZUKI Erika 2023
発行者　後藤明信
発行所　株式会社竹書房
〒102-0075 東京都千代田区三番町 8 番地 1 三番町東急ビル 6F
email : info@takeshobo.co.jp
デザイン　antenna
印刷所　中央精版印刷株式会社

落丁・乱丁があった場合は　furyo@takeshobo.co.jp　までメールにてお問い合わせください。本誌掲載記事の無断複写・転載・上演・放送などは著作権の承諾を受けた場合を除き、法律で禁止されています。購入者以外の第三者による本書の電子データ化および電子書籍化はいかなる場合も禁じます。また本書電子データの配布および販売は購入者本人であっても禁じます。定価はカバーに表示してあります。

Printed in JAPAN
この作品はフィクションです。実在の人物・団体・事件などには関係ありません。

人間不信な
王子様に嫁いだら、
執着ワンコと化して
懐かれました
葉月エリカ
Illustration Ciel

やっと、叶った……
僕は今、君を抱いてる

グランソン伯爵の落とし胤であるティルカは、父の命令で第一王子のルヴァートに嫁がされる。彼は落馬事故により、足が不自由になっていた。本来の朗らかさを失い、内にこもるルヴァートは結婚を拒むが、以前から彼を慕うティルカは、メイドとしてでも傍にいたいと願い出る。献身的な愛を受け、心身ともに回復していくルヴァート。「もっと君に触れたい。いい？」やがて、落馬事故が第二王子の陰謀である疑惑が深まり!?

初夜の翌日に離婚した
没落令嬢ですが、
何故か
元夫につきまとわれています
葉月エリカ
Illustration ことね壱花
君のことを大事にしたい。
優しくさせてほしいんだよ
美貌の女誑しと名高い侯爵家のフィエルを落ち着かせるため、堅実さを買われて嫁いだイルゼ。「ねぇ。俺たちかなり相性いいのかも」式を挙げ優しく抱かれた初夜の翌朝、まさかの実家の破産の報を受けて婚家を出るはめに。だがフィエルはイルゼが家族のため勤め始めた料理屋を探しだし、常連客として通ってくる。愛があっての結婚ではなかったのに何故？元夫の行動にとまどうイルゼだが、ある日母の手術費用が必要になり!?

熊野まゆ
Illustration ことね壱花
落ちぶれ貴族令嬢は
愛情表現が激しすぎる
王子に
溺愛される
絶倫殿下のごちそうになりました⁉
俺がおまえのいちばんになりたいだけだ
十八歳の誕生日を契機に、人がそれぞれの個性に応じて纏う色『ファーベ』が見えるようになったカミラ。貴重な個性だとお城の舞踏会に出るのを許され、王太子ランベルトに気に入られた彼女は、満月に気が昂ぶるランベルトの「鎮め係」になるよう誘われる。「おまえが奏でる音はすべてが耳に心地いい」ずっと憧れていたランベルトに情熱的に愛されて夢見心地なカミラだが、王太子付の侍従は身分が低い彼女を快く思わず――⁉

小出みき
Illustration サマミヤアカザ
逃亡したら皇弟将軍の最愛妃になりました
傾国の美姫の秘人生再建計画
絶対に離れない。
離さない。
翠蘭が目覚めると三年前に戻っていた。傾国の毒婦との濡れ衣を着せられ殺された前生を繰り返さぬため、後宮行きを拒否し家出した彼女を救ったのは皇弟の劉翔だった。彼は皇帝相手に機転を利かせ戦に勝利した報償として翠蘭を娶る。「素直に蜜をこぼす、かわいい花だ」前生では結ばれなかった最愛の人、劉翔にとろけるように愛され夢のように幸せな日々を送る翠蘭だったが、美しい彼女を諦めきれない皇帝が未だ狙っていて⁉

炎の魔法使いは氷壁の乙女しか愛せない

魔女は初恋に熱く溶ける

クレイン

Illustration ウエハラ蜂

師匠に殺される覚悟ができた。結婚しよう。リリア

世界一の魔術師アリステアの娘であるリリアは、父の弟子のルイスのことが大好き。火の精霊に愛されたルイスは炎の制御ができず迫害された過去があるが、実際は世話焼きで優しい人。魔物に悩まされるファルコーネ王国に行き、帰ってこない彼にしびれを切らしたリリアは彼の元に押しかけ同居を始め、ルイスも覚悟を決める。「リリア、触れてもいいか?」ずっと好きだった人に甘く愛され幸せの絶頂だが魔物の襲来の危機が迫り!?